NINNI BRUSCHETTA

# LA SCUOLA DEL SILENZIO

HarperCollins

ISBN 979-12-5985-345-5


Pubblicato in accordo con S&P Literary - Agenzia letteraria Sosia & Pistoia



Le citazioni presenti nel testo sono tratte dalle seguenti edizioni:
G. Tomasi di Lampedusa, *Il Gattopardo*, Feltrinelli, Milano 2018.

L'Editore ringrazia tutti coloro che hanno collaborato,
e rimane a disposizione degli eventuali aventi diritto
con i quali non è stato oggettivamente possibile comunicare.


Prima edizione HarperCollins
maggio 2024

# IN UN LUOGO IMPRECISATO SULLA COSTA DELLA SICILIA ORIENTALE

"Amore mio dolce, io ti amo solo perché tu ami me e ti amerò finché tu mi amerai."

No, scusate, sarà meglio affrontare questo discorso più avanti. Prima vorrei fare alcune considerazioni sulla storia che sto per raccontare. L'ambientazione in un luogo imprecisato potrebbe indurre il lettore a credere che si tratti di una storia vera. Magari con nomi contraffatti, avvenimenti rimescolati, vicende simboliche e qualche altro trucco narrativo. Espedienti che l'autore usa per non farsi querelare o isolare e, qualche volta, per non farsi ammazzare. Ma non è il mio caso; a meno di particolarissime circostanze, io guardo le cose da un punto di vista alquanto marginale; e cioè non ho mai avuto la ventura, o meglio la sventura, di fare o dire qualcosa che fosse talmente importante da essere oggetto di attenzione, diciamo così, criminale.

Quanto al fatto che questa storia è in gran parte ambientata nel mondo del teatro, e tratta dunque dell'indeterminatezza, della cultura girovaga, del continuo viaggiare nello spazio e nel tempo tipici di questa disciplina, nemmeno questo è un buon motivo per non indicare il luogo preciso in cui si svolge. Come a voler riprodurre quel sapore di altrove che si avverte in teatro quando si cade nel sogno del racconto. Ma è facile capire come sia impossibile restituire quella magia.

Infine, ed è l'ultima possibilità, potrebbe trattarsi di un romanzo. Purtroppo, però, questa ipotesi sarebbe in netto contrasto con quanto accaduto proprio all'inizio di questa storia.

# I

## L'APERITIVO

Qui c'è sempre un amico che viene a prenderti in aeroporto e poi si fa decine di chilometri in macchina per portarti a destinazione. Io torno ciclicamente. Certe volte perché ne vale la pena, altre per pigrizia, o perché non ho niente di meglio da fare. Non saprei dire quanti anni siano passati dall'ultima volta. Provo a contarli, insieme a Fabrizio, ma non riusciamo a raccapezzarci. Troppe cose da dire, non ci vediamo da troppo tempo.

Mentre lui continua a parlare, io stendo leggermente il sedile e mi godo le luci che si riflettono sul mare, finché, d'un tratto, non si vede tutta la città illuminata, e poi le strade, gli svincoli, i ponti che ci portano dentro il traffico di fine giornata. Una bolgia. In mezzo a quei palazzi sempre più vecchi, alla gente che è uscita in strada con il clima mite, mi sovvengono tutti i ricordi e riesco a sentirne l'odore. Un luogo imprecisato ma dionisiaco, dove di notte le brutture della speculazione edilizia, la sporcizia, la negligenza e l'incuria scompaiono e non restano che i riflessi delle luci artificiali che fendono l'aria tersa, entrano nei bar e inseguono le sfaccettature dei cristalli che ornano i bicchieri, fino a riflettersi negli occhi degli uomini e delle donne.

In una piccola città ci si incontra al bar. È tutto un incrociarsi di sguardi, di mani che si sfiorano, più o meno volutamente, di gambe che si accavallano maliziosamente. Ma non è amore, solo sesso. Una specie di rabbiosa insoddisfazione che rende ogni uomo e donna preda e predatore. Senza rispetto. Senza sentimento. Noi siamo seduti lì in mezzo e abbiamo già cominciato a bere. C'è un viavai di gente che non conosco, ma che riconosco. Qualcuno mi saluta, stupito di vedermi lì. Tre donne a un tavolo ridono. Mi piacerebbe parlarci. Ma sarebbe inutile, perché sono già al secondo Negroni. Così mi lascio andare e mi scappa di dire a Fabrizio che sto pensando di scrivere un romanzo. Che cazzata! È vero che non lo vedo da una vita, ma come ho fatto a dimenticarmi che è un bastian contrario, che giudica tutto, conosce tutto e pontifica su tutto? Lo fa principalmente per esibire la sua cultura, ma anche perché gli piace metterti in difficoltà. Comunque, se gli confidi una cosa, lui te la demolisce immediatamente. Qualsiasi cosa, figuriamoci un romanzo.

«Vuoi scrivere un romanzo? Stai scherzando? Che senso ha scrivere un romanzo adesso? Da qui a poco scomparirà...»

Non capisco la battuta e comunque non mi fa ridere. «Che cazzo vuol dire?»

«Che cos'è il romanzo? Una forma narrativa... niente di speciale. Una definizione vaga, non un vero e proprio linguaggio con delle regole...»

«È sempre un racconto... segue una struttura...»

«Forse. Ma non è connaturato nell'uomo. Il teatro, la poesia, il gioco, la musica ci saranno sempre. Il romanzo morirà. Così come è nato. Come tutte le cose del mondo.»

Stiamo bevendo troppo. Sono appena sceso dall'aereo e per questo mi gira ancora di più la testa. Però mi viene da ridere.

«Sei rimasto proprio lo stesso coglione... Stai invecchiando e vuoi fare il giovane innovativo... Ora comincerai a parlare della rete, del linguaggio del futuro e di tutte queste minchiate... Stavi per dirmi qualche stronzata del genere, dici la verità...»

Mi guarda con un mezzo sorriso e si sforza di essere il più arrogante possibile. Si allunga sulla sedia con il bicchiere in mano e declama questa specie di monologo, mentre si guarda intorno: «Ma secondo te tutti quei gentiluomini viennesi che firmarono una petizione affinché la prima della Nona di Beethoven si svolgesse nella loro città... e tutti quegli altri che ebbero il privilegio di assistere a quel formidabile concerto al Theater am Kärntnertor, nel maggio del 1924, con un parterre di personalità, di grandi musicisti, con cantanti eccezionali, un'orchestra mai vista, per numero e per qualità, avrebbero mai potuto credere che di lì a poco la scrittura sinfonica sarebbe scomparsa nel nulla?».

«La Nona?» faccio io.

«Sei ubriaco. Non la Nona... la sinfonia come forma musicale.»

«Sì, sono ubriaco. Portami in albergo. Ti prego. Ti prometto che non scriverò nessun romanzo.»

Intanto ormai sono qui e la storia è appena cominciata.

# II

## NEL SECOLO SCORSO

Sono stato un obiettore di coscienza, quando il servizio militare era ancora obbligatorio e quello civile durava venti mesi. Oggi sceglierei diversamente. Con il tempo ho capito che la disciplina militare è pura alienazione, come il teatro, la corsa o la preghiera. Credo che mi avrebbe fatto meglio. Anche allora, come molte altre volte negli anni a seguire, mi ero messo in conflitto con il potere. La naturale avversione nei confronti della gerarchia era insita in me. Sincera, ma immotivata. La mia famiglia era molto poco siciliana, senza patriarchi e messe in scena familiari. Mio padre era un uomo riservato. Sembrava più un inglese, per i suoi modi. Il massimo esercizio della sua autorità era l'esempio. Piuttosto, il mio sentimento derivava da quello che mi stava attorno, dalla gerarchia fasulla, bigotta, abusiva, dalle chiusure, dalle negligenze e dalla corruzione della politica, dalla mafia.

Allora, nel piccolo recinto della mia giovane vita, il potere sarebbe stato rappresentato dal direttore dell'Istituto per

Sordomuti dei padri rogazionisti, a cui ero stato assegnato per svolgere il servizio civile. Ma come scoprii più tardi padre Alessandro non aveva niente a che vedere con i nostri uomini di potere, e non era certo un usurpatore del suo ruolo. Aveva studiato in California, era un esperto in materia di educazione dei sordomuti. Un uomo di polso, ma anche dolce, a suo modo. Parlava solo quando era necessario, e le sue risposte erano suadenti come un verso shakespeariano. Per di più era friulano. All'inizio non riuscivo a vedere in lui niente di buono, forse perché era difficile, se non impossibile, conversarci. Dalla sua bocca uscivano solo disposizioni sul nostro lavoro, che sapevano di ordini militari. Proprio quello che temevo, il motivo per cui ero diventato un obiettore.

Un giorno un collega mi disse che i preti ci sfruttavano perché usavano noi al posto degli "assistenti qualificati". Non era del tutto vero. Coprivamo qualche buco nel corso della settimana, ma non toglievamo il lavoro a nessuno. In verità, ciò che muoveva la mia protesta era soprattutto la speranza di evitare le levatacce alle quattro del mattino per essere in istituto alle sei e svegliare (a uno a uno) i ragazzi, servirli a tavola e aiutarli a districarsi nel loro mondo. Un mondo essenziale, del tutto privo di dialettica, impermeabile all'inganno, meritocratico fino alla crudeltà.

La mia protesta durò il tempo di una brevissima conversazione con padre Alessandro. Balbettai qualcosa che a lui parve arrogante e mi accontentò subito: assegnato alla portineria. Otto ore al giorno dietro un bancone di marmo. Un bel marmo verde. Lo studiavo in ogni sua venatura quando ero devastato dalla noia e non riuscivo neanche a leggere. Il telefono non squillava quasi mai. Facile da comprendersi, in un istituto per sordomuti! I ragazzi stavano più o meno sempre all'interno. Padre Alessandro diceva che il loro è l'handicap peggiore, perché non danno l'idea di essere in pericolo e invece chi non sente può essere vittima di innumerevoli insidie. Attraversare la strada è una di queste. La sordità li ingabbia in una diversa percezione dello spazio. Forse era per questo che li facevano uscire il meno possibile. Insomma, non succedeva niente in portineria. Una volta al giorno veniva qualcuno a portare il pane e altre cose di poca importanza. Il massimo dell'impegno era aprire il portone, avvertire le cucine e, di tanto in tanto, tagliare il sapone a un barbone molto pulito. Voleva che glielo tagliassi a pezzi perché quando gli cadeva a terra vicino alla fontana si sporcava "di tutte le fetenzie che lasciano quegli *'nzivati* degli zingari". Così diceva. Detestava gli zingari perché non avevano casa (?), e ogni volta che vedeva un prete in lontananza cominciava a bestemmiare sottovoce. Sembrava un demone, ma riusciva a confondersi in mezzo a tutti gli altri.

E poi veniva Maria, una delle professoresse, e si chiudeva in direzione con padre Alessandro. Insieme organizzavano gite, incontri con i genitori, roba simile. Gli altri preti non li vedevano di buon occhio, ma nessuno sospettava di loro, cioè nessuno credeva che fossero amanti. No. Li infastidiva che padre Alessandro stesse cambiando alcune cose nei metodi e nelle abitudini dell'istituto. In Sicilia, si sa, qualsiasi idea di cambiamento, di innovazione, di progresso è percepita, più o meno, come un'aggressione e può generare il panico tra chi se ne sente minacciato.

Io, invece, pensavo che avessero una storia d'amore. Non solo stavano ore da soli in direzione, ma uscivano sempre insieme. Ogni giorno, senza un orario preciso, facevano "una passeggiatina", come diceva lui. Mi intrigava l'idea che la professoressa Maria fosse fisicamente attratta da padre Alessandro e ancora di più dall'abito che indossava. Cazzate. Fantasie erotiche di un obiettore condannato in portineria.

# III

## IL RITORNO A CASA

Oggi essere un "obiettore" non significa più niente. Il servizio di leva fu abolito in Italia l'8 settembre 2004, come un secondo armistizio. I ragazzi non sanno neppure di cosa stiamo parlando e conoscono solo in parte, o per sentito dire, la letteratura, il cinema, il teatro e l'arte che parlano di guerra, di ragazzi morti, di generazioni decimate dall'orrore e, soprattutto, del Vietnam. *Fragole e sangue*, *Hair*, *Un mercoledì da leoni*, *Platoon*, *Il cacciatore*, *Apocalypse Now*, *Full Metal Jacket*, *Good Morning, Vietnam*, *Woodstock*, Jack Kerouac e tutta la *beat generation*. Anche Remo Remotti scrisse una poesia in cui diceva che in guerra dovevano andarci i vecchi! Ma era un'altra cosa.

L'obiezione era un segno distintivo, un gesto politico, anche umano, forse cristiano, gandhiano, non lo so. Ne valeva la pena. Ti facevi otto mesi in più del servizio militare e ti mettevi addosso per sempre una bella medaglia da uomo libero. Essere un obiettore era un modo di pensare, di fare parte del mondo. L'abolizione della leva obbligatoria è stata un segno di civiltà, ma ha fatto venir meno quel simbolo. Così il termine ha perso di significato, e oggi viene usato per tutt'altro genere di obiezioni. Quanto a me, non volevo aderire a una mentalità e a un sistema sociale profondamente corrotti; già pensavo di abbandonare l'università per lavorare in teatro, e di andarmene dalla Sicilia. Comunque sia, da allora non mi capita più di dire: "Io sono un obiettore". Ma sento ancora di esserlo.

Ai miei occhi le più belle città di mare sono quelle che hanno la "circonvallazione" costruita sulle pendici delle montagne che si tuffano nell'acqua. Napoli, Genova, Trieste. Anche qui c'è una strada tortuosa costruita sul costone della montagna: la circonvallazione, appunto. Nessuno sa come si chiami davvero. Si sa che cambia nome dopo gli incroci con le strade che scendono "a pettine" verso il mare: viale Regina qualcosa e altri nobili piemontesi, ma tutti la chiamano soltanto "circonvallazione", e poi si regolano con i bar, i negozi o gli incroci. Proprio all'ultimo incrocio con un grande torrente coperto, prima che la circonvallazione si trasformi, inerpicandosi sulla montagna, c'è un semaforo lentissimo e subito dopo il mio albergo. È un edificio stretto e lungo per consentire a tutte le stanze di avere un balcone che guardi il mare. Non ho più niente e nessuno che mi leghi a questo posto, fatta salva una pletora di amici, amiche e conoscenti che frequentavo da ragazzo, come Fabrizio e molti altri. Ma quando torno mi sento di nuovo a casa, anche se ormai è una casa vuota, come quella della mia famiglia. Ho allungato un po' per andarci. L'aria è costantemente pulita dal vento, e mentre scendo per le stradine che portano verso il lungomare riesco a sentire e a ricordare tutti gli odori, soprattutto quello pesante degli eucalipti; c'è il rincospermo che gronda dai balconi, ci sono le pasticcerie, c'è l'odore di pasta abrasiva dei meccanici che lavorano in strada, e naturalmente c'è il mare, che costeggia la strada maestra fino alla piazza del teatro; un edificio di fine Ottocento ristrutturato malamente negli anni Settanta a forza di cemento armato, che oggi, però, mi sembra bellissimo. Forse sono ancora ubriaco da ieri sera. Sulla facciata, sotto un portico, ecco i tre portoni: quello centrale è considerevolmente più grande, l'entrata principale che si apre su un foyer che conduce direttamente alla platea. Oltre il portone di sinistra c'è il botteghino, oltre quello di destra il bar. Sono tutti e tre aperti. Varco l'ingresso dall'entrata principale e mi guardo attorno alla ricerca di un portiere, un usciere, ma non c'è nessuno. Lancio un'occhiata verso il botteghino, è vuoto. Al bar, invece, c'è un ragazzo che sta mettendo ad asciugare le tazzine da caffè.

«L'ascensore è bloccato perché lo stanno riparando» mi dice, continuando a darmi le spalle. Evidentemente non sono il primo a cui ha dato spiegazioni stamattina.

«Gli uffici sono sempre al secondo piano?»

«Sì, ma deve salire a piedi.»

«Questo lo avevo capito. Grazie.»

Al primo piano c'è un altro foyer. Sotto il lampadario centrale staziona uno Steinway a coda. Il nero del coperchio contrasta con l'azzurro del mare che si vede al di là della grande vetrata. Che bello! Avevo sempre sognato di dirigere un teatro, non solo per vanità o per ambizione, ma per le grandi possibilità che il ruolo ti offre. Dirigere non significa avere potere in senso bieco, ma piuttosto "dare una direzione" alle cose, ai progetti. E possibilmente una direzione innovativa, moderna. Farlo qui è ancora più eccitante. Mi sento carico. Salgo l'ultima rampa di scale e mi trovo improvvisamente in mezzo a un brulicare di impiegati che si spostano da una stanza all'altra parlando a voce alta, come succede al Sud. Uno di loro mi chiama dal fondo del corridoio e mi viene incontro. Mi sembra di conoscerlo. È un omino buffo che cammina con il sedere per aria e il busto piegato in avanti.

«Ma tu sei Ottavio? Quello del...»

«Sì, sì...» dice lui, sorridendo compiaciuto. «Quello del cineforum, ti ricordi?»

«E che ci fai qua?»

Fa un ampio gesto con il braccio: «*Ha* una vita che sono qua, ormai... Ci hanno assunti *a* tutti... tutti i membri della cooperativa del cineforum». Intanto mi fa strada, mentre continua a parlare. «Adesso sono il primo dirigente...»

*Cazzo*, penso io, *se il primo dirigente ha questa padronanza della lingua italiana siamo a posto*. Io credevo fosse l'usciere che non avevo trovato all'entrata!

«Primo dirigente?» gli chiedo.

«E certo! L'anzianità...» Si fa una gran risata e poi mi apre la porta della stanza del presidente.

Entro e vengo investito da una nuvola di fumo, come non mi succedeva da anni, almeno in un ufficio pubblico. Il presidente, invece, fuma tranquillamente e se ne fotte del divieto. Si alza, mi viene incontro con la sigaretta in bocca, poi ci ripensa, la spegne nel posacenere sulla scrivania e mi abbraccia: «Caro direttore!».

Lo conosco dai tempi della scuola, ma non è mai stato un mio amico, come potrebbe sembrare dalle sue effusioni. Dev'essere invecchiato tutto in una volta. Se lo avessi incontrato per strada non lo avrei riconosciuto. Accende subito un'altra sigaretta e poi comincia a parlarmi della sua vita, della carriera politica, di come è arrivato là, la moglie, la figlia che va all'università. Tutte cose di cui, francamente, non me ne frega un cazzo, ma che avrei potuto sopportare se non mi fossi trovato in quella camera a gas. A un certo punto mi propone di andare al bar a prendere un caffè e, finalmente, quando siamo seduti al tavolino, comincia a parlarmi di cose concrete, cioè del lavoro che devo fare e della situazione del teatro. È molto franco, riguardo alla mia nomina: «Non prenderla come un riconoscimento... non pensare che ti abbiano voluto perché sei bravo, perché te ne sei andato, sei un professionista e ora ritorni qua a spiegare a tutti come si fa... No. Questo te lo devi togliere dalla testa. La verità è che il teatro è nella merda, è stato affossato dalla gestione precedente ed è rimasto chiuso per due anni. Tu che sei del mestiere, magari ti inventi qualcosa... Sennò... continuiamo a pagare i dipendenti, che non fanno niente...».

«Ma come, non fanno niente? Mi sembravano tutti molto indaffarati...»

«Sì, certo. Spostano carte da un ufficio all'altro... Fingono di lavorare. Parlano, spettegolano. Si distribuiscono gli straordinari che non fanno... e via dicendo. Il sito del teatro non funziona, la biglietteria elettronica neanche, i ponti mobili del palcoscenico sono bloccati, la sartoria è chiusa, il repertorio abbandonato...» Non è un dialogo. Parla solo lui: «Vedi, compare...» ora sono diventato suo *compare*, «... nella pubblica amministrazione non bisogna risolvere i problemi. Bisogna gestirli. Infatti, il vero motivo per cui tu sei qui è un altro. Ma tu non ci pensare».

«E sarebbe?»

A questo punto fa una lunga pausa. Si muove sulla sedia

e mi guarda come se volesse commiserarmi: «Quest'anno ci sono le elezioni. Nessuno sprecherebbe un *suo* uomo per un incarico così alla vigilia delle elezioni. Meglio un indipendente come te! Uno che vive fuori e fa l'artista. Così se lavora bene, quelli che vincono le elezioni se lo accaparrano, altrimenti lo fanno fuori e mettono uno dei loro».

«Ho capito, ma a me queste cose non interessano. Io ho firmato un contratto. L'incarico dura tre anni. Voglio fare un programma per tutto il triennio. Quattro o cinque produzioni l'anno, ospitalità mirata e di qualità... magari qualche spettacolo internazionale che possiamo comprare con i contributi della Comunità europea, ma soprattutto produzione e formazione. Possiamo utilizzare tutti i dipendenti che ci sono, per contenere i costi. Con la formazione alimentiamo la produzione e con la produzione creiamo indotto. Così possiamo ottenere grandi risultati sul piano artistico e, di conseguenza, provocare una vera ricaduta politica.»

Lui non commenta. Pensavo di aver detto una cosa scontata, quasi banale; per di più mi ero spinto a parlare di "ricaduta politica", pensando di fargli piacere. Perché mi guarda così?

All'improvviso si alza e va a pagare i caffè che abbiamo appena sorbito, accartoccia il pacchetto di sigarette vuoto, lo butta nel cestino e poi esce dal bar per dirigersi verso il tabaccaio, che si trova a pochi metri di distanza. Io gli vado dietro e mi sento un po' coglione. Quando gli sono accanto, riprende a parlare: «Vedi che questa è politica, caro compare. I contratti, in politica, sono cartastraccia. Se gli stai bene rimani, sennò te ne vai». Poi si ferma di scatto e mi guarda con aria minacciosa: «E non mi far fare figure di merda, che il tuo nome l'ho fatto io!».

Si fionda dentro il negozio di tabacchi. Non so più che dire. «Bene. Ci vediamo domani, allora.»

Lui è fermo sull'uscio e sta aprendo il nuovo pacchetto. Dopo aver acceso l'ennesima sigaretta, spara l'ultima: «E stai attento ai dipendenti. Trattali bene. Loro sono come un popolo e, se ne tocchi uno, ti si rivoltano contro tutti».

«Non mi ricordavo che il popolo siciliano avesse questo spirito rivoluzionario» replico timidamente.

«Ma quale rivoluzione? Loro vogliono lavorare il meno possibile e guadagnare il massimo consentito. E non parlare di "spettacoli", di "progetti", cose complicate... non cercare di coinvolgerli, di entusiasmarli, perché se c'è una cosa che gli sta veramente sul cazzo, quella è il teatro. E non ti nascondo che, da quando sono là dentro, mi sta sul cazzo pure a me!»

# IV

## MERITOCRAZIA

I sordomuti, invece, se fossero un popolo, sarebbero un popolo molto più di quanto non lo siamo noi siciliani. Si distinguono per la solidarietà reciproca, la fiducia negli altri, soprattutto negli udenti, cioè i diversi, gli stranieri. Quando facevo ancora l'assistente, prima che padre Alessandro mi sbattesse in portineria, avevo imparato alcuni trucchetti per tenerli a bada. Se, per esempio, la giovanile irrequietezza e quelle loro potenti emissioni gutturali trasformavano il refettorio in un girone infernale, il metodo più comodo, anche se il più scorretto sul piano pedagogico, era quello di rivolgersi al capo. Un capo di cui tutti riconoscevano l'autorità e a cui bastava anche solo un gesto per risolvere un problema, per dirimere una controversia o semplicemente per imporre ordine e rispetto. Noi ne avevamo bisogno perché non sapevamo come fare. Non potevamo certo gridare! Allora chiedevamo aiuto a Massimo. Appena si alzava in piedi, prima ancora che potesse ricorrere al suo sguardo dolce ma autoritario, i ragazzi erano già tornati ai loro posti a mangiare, con gli occhi puntati sul piatto.

Con il nuovo anno scolastico il capo era diventato Giacomo, perché Massimo si era diplomato. Giacomo era un calciatore formidabile. Mi incantavo a vederlo giocare nel campetto dell'istituto. Un ragazzo bellissimo, alto, con occhi azzurri da normanno. Però la prima volta che mi trovai ad aver bisogno di lui mi accorsi che il suo intervento era inefficace. I ragazzi lo ignoravano, o quasi. Chiesi spiegazioni agli assistenti più esperti e uno mi rispose: «Perché è un asino a scuola!». Giacomo era senz'altro forte e possente, abile nello sport e quindi con tutte le carte in regola per essere un capo, ma il suo scarso profitto scolastico lo privava di qualsiasi credibilità. Quei ragazzi, infatti, che mi piacerebbe definire "il popolo dei sordomuti", non avrebbero scelto un capo, o un rappresentante, per lasciarsi opprimere e comandare. Erano abituati a eleggere, senza neanche bisogno di votare, colui al quale riconoscevano l'autorità conferita dal merito. Vale a dire un'alta qualità umana e sociale. In una parola, essi prediligevano l'eccellenza. Senza mediazioni. Senza dialettica. Senza giustificazioni. A Massimo bastava un gesto per suggerire il giusto comportamento a tutti. Perché lui li rappresentava, in quanto era il migliore. Giacomo, invece, non aveva alcuna autorità né alcun potere, perché non era all'altezza di rappresentarli.

Comunque, dopo più di sei mesi di servizio civile all'Istituto per Sordomuti, non avevo ancora capito quale fosse il progetto di padre Alessandro. Anzi, devo ammettere che non avevo neppure sospettato che si trattasse di qualcosa di veramente rivoluzionario, almeno all'interno di quel mondo speciale e, per certi versi, perfetto dei sordomuti. Un tempo i sordomuti erano dei veri e propri reietti. Le famiglie li abbandonavano in strada, molti di loro sembravano dei dementi. Mi ricordo di Celestino, che negli anni Settanta vagava per il centro della città e sembrava recitare una parte; si fingeva gay o grande conquistatore, secondo le circostanze, e si esibiva in siparietti a richiesta, come lo scemo del paese. Erano le poche chance che aveva per comunicare con l'esterno, per esistere in una società che gli era, più o meno volontariamente, ostile. Così l'adattamento o l'integrazione dei portatori di questo gravissimo handicap non è soltanto difficile in sé, ma gode di una storia brevissima. Il che rende ancora più improbabile un cambiamento radicale in un luogo di insegnamento che, come è noto, tarda a codificare i progressi della società. Padre Alessandro, invece, era portatore di idee innovative, intendeva coinvolgere le famiglie e seguire nuovi metodi, guardando appunto all'integrazione dei ragazzi nel tessuto sociale ordinario. In questo senso lui era un obiettore molto più di quanto non lo fossi io. Ed era solo, in questa battaglia. I professori non lo seguivano, gli altri preti meno che mai, per non parlare delle famiglie. Solo la professoressa Maria era entusiasta.

Mi piaceva. Era intelligente, allegro. Tutt'altro che un capo severo. Mi attirava il suo modo molto essenziale e molto nordico di dire la verità. Come ho detto, mi ero sbagliato sul suo conto. Ricordo che una sera lo incontrai di fronte all'istituto, stava uscendo trafelato da un piccolo bar pasticceria non molto fornito per essere siciliano, ma molto frequentato per via di una meravigliosa terrazza che guardava il mare e perché vendeva anche i tabacchi; pensai fosse andato a comprare le sigarette, anche se non l'avevo mai visto fumare; fui attratto da un rumore: quello strano gorgoglio che facevano i telefoni a gettoni dopo che si abbassava la cornetta. Aveva telefonato a Maria di nascosto? Quando uno non ha un cazzo da fare si trasforma in un detective. Immagini sempre le cose più strane e di certo le più improbabili, per il fatto stesso che a immaginarle sei tu. Tra l'altro, padre Alessandro aveva un telefono in camera e avrebbe potuto parlare con la massima riservatezza. Ciononostante, annoiato a morte e roso dalla curiosità, in una delle nostre brevissime conversazioni riuscii a formulare una domanda strana, che, in qualche modo, alludeva ai sentimenti e, di conseguenza, a quelli dei preti. Insomma, cercai di provocarlo. Lui era in piedi, alla mia sinistra, guardava i ragazzi cenare. Non si girò neppure e disse: «Il celibato non è un dogma di fede». Cazzo! Che cosa voleva dire? Siamo stati educati in modo molto diverso. È vero che la nostra generazione era stata la prima a svincolarsi dalla visione del sesso come peccato, ma l'idea che l'abito talare e il piacere della carne fossero due cose che non andavano d'accordo non ci aveva abbandonato. Forse era su questo che voleva farmi riflettere. Invertendo i ruoli, mi aveva posto la domanda che almeno una volta anche il più bigotto ignorante si fa: ma l'amore? Come si fa a non amare? E che senso ha rinunciare ad amare?

Ora, la questione del celibato è molto complessa, una cosa per storici e teologi che probabilmente non si risolverà mai. Ma l'effetto che le parole di padre Alessandro ebbero su di me fu stranamente consolatorio. Nella mia mente la storia con Maria era cosa fatta e nel contempo giustificata. Poi riprese a parlare. Mi guardava negli occhi e non aveva un tono da professore. Sembrava solo che volesse farmi capire bene cosa intendesse. Prima citò a memoria un passo del Vangelo: «Non tutti possono capirlo, ma solo coloro ai quali è stato concesso. Vi sono infatti eunuchi che sono nati così dal ventre della madre; ve ne sono alcuni che sono stati resi eunuchi dagli uomini, e vi sono altri che si sono fatti eunuchi per il regno dei cieli. Chi può capire, capisca».

Mi piaceva ascoltarlo. Mi è sempre piaciuto ascoltare qualcuno che recita qualcosa a memoria. Poi cominciò a spiegare. «I pontefici dei primi secoli ritenevano che quella del celibato fosse una tradizione apostolica. Probabilmente anche grazie a questo passo del Vangelo, in cui il messaggio è chiarissimo. La continenza rafforza lo spirito. La privazione, in generale, ci rigenera. Persino una semplice dieta ci fa bene all'anima, oltre che al corpo, no? Ci sentiamo più in forma e le cose vanno meglio... Questo messaggio, però, è destinato a chi può capire. Probabilmente Gesù parlava soltanto a quella ristrettissima cerchia di iniziati che erano i suoi apostoli, o la Scrittura in sé si rivolge a chi ha orecchie per intendere e basta. Di certo stiamo parlando di una privazione così importante da poter deviare e, senz'altro, elevare la natura dell'uomo. Ma di quale uomo? Di ogni singolo sacerdote sparso nei meandri della Terra, a duemila anni di distanza da quegli eventi di cui neppure noi stessi riusciamo più a custodire la memoria? I tempi sono cambiati e i sacerdoti sono cambiati con i tempi.»

Parlava di un mondo *deifugo*, in cui l'esistenza che si allontana dall'origine si svuota lentamente e inesorabilmente della forza spirituale che lo ha generato. Così l'uomo giusto deve interpretare il suo tempo e svolgere la sua funzione in modo corretto, adatto alle circostanze. Certamente, i sacerdoti dei nostri tempi hanno più un compito sociale, che era proprio quello che padre Alessandro svolgeva con invidiabile abnegazione. Ma questo non lo giustificava, almeno ai miei occhi.

# V

# LA PASSIONE

Che cosa sarà davvero il peccato? Forse, come vuole la lingua italiana, il peccato non è una cosa che fai, semmai una che non fai. È un peccato se ti manca il coraggio, un peccato tirarsi indietro, un peccato non amare. Penso che padre Alessandro intendesse proprio questo. E su questo ero d'accordo con lui. Quella che non sopporto, invece, è la passione. A molte persone potrà sembrare folle. C'è chi si nutre di passione e di diverse passioni. La passione per il lavoro, per esempio. È senz'altro quella che detesto di più. Tanto più che il termine ha solo un'accezione drammatica, sia in senso fisico sia spirituale. Soltanto in senso esteso la parola "passione" sembra assumere un significato positivo, ma si tratta di una "inclinazione" per lo più lodevole e comunque non riprovevole (dice il vocabolario). Il più delle volte chi ne è affetto la considera tuttavia un merito, una specie di amore al quadrato! Il più delle volte chi fa – o forse solo chi dice di fare – qualcosa "con passione" lo rivendica continuamente. Ma ove mai la passione fosse un'inclinazione positiva e lodevole, dovrebbe essere una cosa scontata che non pesa sugli altri; l'appassionato invece vuole coinvolgerti in tutte le cazzate che piacciono a lui. E siccome le fa con passione, tu dovresti ammirarlo e diventare uno strumento della sua realizzazione. È o non è un ricatto morale?

In questo teatro non c'è il rischio di imbattersi nella passione o in un lavoratore appassionato. Qui nessuno fa il suo lavoro con passione, ma neppure con diligenza. Ci sono una cinquantina di dipendenti, assunti a tempo indeterminato circa trent'anni fa, durante una delle grandi operazioni elettorali di quei tempi, immagino. Gente proveniente dal bacino elettorale dei paesi limitrofi, priva di qualsiasi preparazione, attitudine e predisposizione al lavoro. Ovviamente, nella confusione, tutti e cinquanta sono stati assegnati a ruoli che non erano in grado di ricoprire, in un ambito che gli era del tutto estraneo.

Sono passati più di dieci giorni dal mio arrivo e ancora non è successo niente. Trascorro le giornate a parlare con il presidente di cose che non si faranno mai, mentre lui continua a fumarmi in faccia. Intanto mi preoccupo di essere gentile e benevolo con i dipendenti. Li ascolto, cerco di capire le loro esigenze, ma mi accorgo che non mi riconoscono alcuna autorevolezza. A guardarlo dall'esterno, uno che fa il direttore di un teatro te lo immagini come un gran figo, un artista per lo più potente, che decide cose importanti, con due belle segretarie al seguito. Qui, invece, tutti mi guardano storto, come se fossi un intruso. Tutto sommato non mi giudicano neppure, ma mi ignorano e non mi temono. C'è un genio in questo, un progetto occulto, gattopardesco, ovviamente. «Voi siete di passaggio...» mi dice, a un certo punto, Eugenio, uno di quelli che mi era sembrato meno ostile, almeno fino a quel momento. «Il teatro è nostro. Voi... i dirigenti, i direttori, presidenti, sovrintendenti... tra qualche anno ve ne andrete. Noi restiamo.»

Tante volte quando qualcuno ti dice una cosa veramente stronza ti sta dando un insegnamento. Ma è troppo difficile per me capire al volo quello che Eugenio mi sta dicendo. Le persone comuni credono nelle istituzioni, pensano che il potere sia veramente in mano ai politici, ai governanti, chiamateli come volete. Invece il potere ha tante facce e la volgare battuta di Eugenio mi ha spiegato benissimo come stanno le cose. Purtroppo mi sono lasciato distrarre dal suo tono arrogante e ho perso l'occasione di riflettere su quello che mi stava dicendo. Più tardi, mentre torno in albergo, vedo a distanza il vecchio Istituto per Sordomuti e mi ricordo di padre Alessandro, del suo entusiasmo, della sua consapevolezza e della profonda volontà di cambiare le cose. Ma senza ambizione e senza vanità.

# VI

## GATTOPARDI

> Noi fummo i Gattopardi, i Leoni; quelli che ci sostituiranno saranno gli sciacalletti, le iene; e tutti quanti Gattopardi, sciacalli e pecore continueremo a crederci il sale della terra.
>
> Giuseppe Tomasi di Lampedusa

"Voglio fare un discorso corretto e sereno sui siciliani, premettendo naturalmente che io sono perfettamente siciliano. Un discorso cioè sulla stupidità dei siciliani. Noi affermiamo spesso di essere straordinariamente intelligenti, quantomeno di avere più fantasia e piacere di vivere, rispetto a qualsiasi altro popolo sulla faccia della terra. Non è vero! La storia è là a dimostrarlo. Da migliaia di anni siamo semplicemente terra di conquista, gli altri arrivano, saccheggiano, stuprano, costruiscono qualche monumento, ci insegnano qualcosa e se ne vanno. Noi ci appropriamo di una parte di questa civiltà, a volte diventiamo anche i custodi del tempio, in attesa che arrivi un'altra ondata saccheggiatrice. Siamo quasi sempre colonia per incapacità di essere veramente popolo. Presi a uno a uno, può anche accadere che taluno riesca a esprimere (nella poesia, nel delitto, nella finanza, nell'arte) attimi di ineguagliabile talento. Sono quelli che ci fottono, che ci danno l'impressione, spesso la certezza, di essere i migliori. Nella realtà, presi tutti insieme, siamo sempre un popolo imbecille."

Così scriveva Giuseppe Fava e fu ammazzato. Non per questo, ovviamente. Si considerava soprattutto un giornalista, nonostante il suo riconosciuto talento di scrittore teatrale, di romanziere, saggista e pittore. Ma un tipo di giornalista così raro, da queste parti, da finire sotto i colpi di una calibro 38. Un giornalista con la schiena dritta.

Molto più comune, in Sicilia, è la figura di giornalista incarnata da Calogero Manganaro. In effetti non è proprio un giornalista, è un collaboratore esterno che si diletta di teatro, attribuendosi il titolo di critico, grazie al quale riesce a esercitare un potere occulto in questo piccolo contesto provinciale, come avevano fatto prima di lui i "baroni" che da giovane disprezzava e che adesso, invece, chiama "maestri" e a cui, comunque, ha sempre leccato il culo. Me lo trovo davanti alla porta del teatro di prima mattina. Ha un aspetto curioso, il viso sfrontato, sempre ostentatamente elegante, e devo ammettere che una volta mi era anche simpatico. Ci salutiamo e andiamo a sederci nel foyer. Lui comincia a raccontarmi tutta la storia del teatro, della città e naturalmente le sue imprese, la sua influenza e i bellissimi testi che scrive ma che, guarda caso, nessuno vuole mettere in scena. Poi avvia la registrazione con il telefonino e inizia a pormi delle domande. Allora mi rendo conto che vuole farmi un'intervista. Mi chiede dei miei progetti, del futuro del teatro e varie altre cose. Comincia a punzecchiarmi e a provocarmi, finché non mi dice chiaramente che, data la sua competenza, si sarebbe aspettato di essere nominato lui al mio posto. Bene. Sto realizzando che nel corso di quest'altra giornata in cui non succederà un cazzo mi sono già fatto il primo nemico. Si guarda intorno. Sulle pareti c'è qualche manifesto teatrale e un olio imbrattato da un artista di provincia.

«Questo è un luogo squallido» mi dice.

Non posso dargli torto. Ridacchio. Ma lui mi toglie subito dall'imbarazzo, si alza di scatto e fa per andarsene. «Grazie Calogero... per l'intervista» gli dico.

«Devi stare attento... non ti mettere in testa di fare il padrone qui...»

Ma che cazzo vuole? Perché mi dice questa cosa? Lui che c'entra? Faccio una pausa e cerco di dire la cosa più intelligente che mi viene in mente, ma finisco per dire proprio quella più idiota: «Io voglio solo fare teatro».

«Lascia stare... non fare progetti velleitari. Ambientati, guardati intorno...»

«Scusa, non ti capisco. Questo che c'entra? Tu sei un giornalista, perché mi stai dicendo queste cose?»

«Ti ho detto che devi stare attento. Già ce l'hanno tutti con te. Te lo dico perché ti voglio bene.» E scompare.

Ma tutti chi? Non faccio in tempo a chiederglielo perché si è volatilizzato, come un fantasma.

Gli uffici del teatro sono angusti. Gli impiegati sono stipati come sardine. Mi guardo intorno, cercando qualcuno con cui parlare perché sono infastidito dall'incontro con Calogero e ho bisogno di distrarmi. O magari vorrei semplicemente cominciare a lavorare. Entro nella stanza di Eugenio, che è l'unico con cui finora sono riuscito a scambiare qualche parola, anche se è antipatico e respingente. Tiro fuori le mie carte, gli appunti, i progetti che avevo abbozzato, e ignorando il saggio consiglio del presidente comincio a esporli proprio a Eugenio, con la segreta speranza di stimolarlo a lavorare con me. Lui mi interrompe dopo meno di un minuto: «Queste cose non piacciono alla gente» sentenzia.

Devo mantenere la calma. Ho sbagliato io. Ho sbagliato tutto. Avrei dovuto chiedergli, gentilmente, di trascrivere al computer i miei progetti e preparare i documenti da portare in Consiglio di amministrazione. E basta. Invece, con il mio entusiasmo da adolescente, proprio con quella passione che detesto, ho deciso di renderlo partecipe e quindi l'ho implicitamente autorizzato a giudicarmi.

«Cosa intendi quando dici "la gente"?»

«Come, cosa intendo?» È sinceramente stupito dalla domanda.

«Voglio dire che è un'espressione ambigua... Quello del teatro è un pubblico selezionato, non si può dire, genericamente, "la gente". Sono, per lo più, amatori, persone colte, intelligenti che vogliono vedere cose nuove, moderne, magari internazionali...»

«Ti sbagli. A teatro vengono solo i pensionati e gli studenti, alle matinée.»

A questa sua affermazione mi eccito ulteriormente e mi lascio andare a una specie di comizio: «Infatti, bravo, è questo il nostro scopo... creare un ricambio... stanare il vero pubblico... i giovani che non vanno più a teatro perché il teatro è diventato noioso, altisonante, con tutti questi nomi a effetto che poi non sanno manco recitare... La gente, come dici tu, si annoia a teatro, dorme! E sai perché? Perché quello che vedi nei grandi teatri non è teatro! È spettacolo! Patinato, volgare, alla moda».

Mi accorgo che lui continua a guardare dritto davanti a sé, senza muovere un muscolo, ma io cerco il suo sguardo perché sono sicuro di me stesso, so che sono capace di convincerlo e così farò, passo dopo passo, con ognuno di loro; se sarà necessario, con tutti i dipendenti, persino con il presidente e i consiglieri di amministrazione. «Questo è il mio scopo. Cambiare le cose, non salvaguardare quel poco che c'è.»

A questo punto Eugenio mi interrompe: «Qui si è sempre fatto così».

«Così come?»

«Si salvaguarda quel poco che c'è. La gente se ne fotte del teatro, qua siamo in Sicilia, la gente ha altri problemi, non ci sono soldi... Chi spende trecento euro per un abbonamento? Uno che ha una buona pensione e qualche signora ricca che cerca un'occasione per mettersi la pelliccia e costringe il marito a venire con lei... Stop!»

«Abbasseremo i prezzi degli abbonamenti...» Voglio controbattere a tutte le sue obiezioni, esporgli la mia strategia, ma poi lui mi dice, stancamente: «Buona fortuna», e riprende a giocare al computer, lasciandomi con le mani per aria. Mi accorgo che stavo declamando come un attore invasato, perché mi appare la mia immagine riflessa sul vetro di un manifesto. Mai mi era sembrato di vedere così nitidamente l'immagine di Don Chisciotte. Mi faccio pena. Prendo il cappotto e me ne vado. È passato un altro giorno e non è successo niente. Mi sono soltanto imbattuto in due discussioni inutili con due personaggi discutibili.

# VII

## DON FABIO

> L'astuto trae il suo potere dall'ipocrisia che ha stampata in faccia.
>
> Éric Rohmer

Non è facile rassegnarsi al pensiero che esistano uomini veramente cattivi. Soprattutto quando sei più giovane non riesci proprio a concepirlo. Poi conobbi don Fabio, che era stato il direttore dell'Istituto per Sordomuti per quarant'anni, prima che arrivasse padre Alessandro. Apparve un pomeriggio alle mie spalle, dietro la vetrata che separava la portineria dalla sala d'attesa; non mi fece paura né fui sorpreso nel vedere un prete che non conoscevo; c'era un gran viavai di sacerdoti e non passavano mai dalla portineria, preferivano l'entrata laterale. La sera lo rividi a cena insieme agli altri preti e "fratelli", certi omini che indossavano una tonaca pur non essendo dei sacerdoti. Vivevano presso l'istituto e aiutavano i preti. Don Fabio era seduto alla destra di padre Alessandro. Era un uomo accattivante, non certo per la sua bellezza, anzi. Aveva un fascino inusuale, ma importante. Poteva attirare l'attenzione su di sé anche solo con un piccolo gesto, alzando un sopracciglio. Quando parlava riusciva a rapirti e a portarti dentro i suoi ragionamenti, con una leggerezza che cozzava con quello che diceva e con gli argomenti che trattava. Quella sera parlavano proprio di passione. Ma niente a che vedere con quello che ho detto prima, né con quello che pensavo io della passione fino ad allora. Don Fabio asseriva che la passione è sofferenza spirituale e fisica, come quella di Cristo. «Non vi è altra passione» diceva. «La passione è la Passione di Cristo e null'altro.» E intanto guardava negli occhi padre Alessandro, insistentemente, come se si aspettasse la sua condivisione, che puntualmente arrivava. Ma lui continuava a guardarlo. Era chiaro che non gli bastava vedere padre Alessandro chinare il capo, voleva che capisse. E magari voleva che capisse che la passione stava iniziando e, questa volta, sarebbe toccata a lui.

Padre Alessandro mi disse che don Fabio si sarebbe trattenuto per una settimana o poco più. Era venuto per concludere alcune cose rimaste in sospeso. Disse anche che era un grande prete, un pensatore, un teologo.

Eravamo in macchina. Da qualche giorno mi chiedeva di accompagnarlo a fare la spesa per i ragazzi. Non gli piaceva guidare, soffriva molto il caldo, anche per via del diabete che lo affliggeva fin da piccolo. Se stai in macchina con qualcuno per tanto tempo succede sempre qualcosa. Parlo di sentimenti. Forse perché c'è così poco spazio, si è forzatamente vicini e sembra che i pensieri si tocchino. Sentivo che con padre Alessandro stava nascendo un'intesa ed ero certo che avesse origine da quei brevi viaggi in macchina. Certo, lui era parco di confidenze, ma la sensibilità di un sacerdote o, almeno, la conoscenza delle Scritture, poteva riservare qualche sorpresa. Come quando ti ritrovi in chiesa, magari senza essere credente, per un matrimonio o un funerale, e il Vangelo recita, proprio quel giorno, una soluzione inequivocabile ai tuoi problemi. Succede. A me succede spesso, certe volte ci vado apposta. Sento un appagamento così intenso da credere di avere già risolto il problema che mi stava ossessionando.

Ogni giorno mi accorgevo di quanto padre Alessandro mi diventasse sempre più simpatico, anche la sua forte inflessione friulana cominciava a piacermi. Una mattina in cui si era dimenticato di fare l'insulina mi aveva fatto fermare in farmacia, poi era rientrato in macchina e se l'era "sparata" nella pancia. Cercò di fare in modo che non me ne accorgessi, forse pensava che mi sarei imbarazzato, o impressionato. Invece io l'avevo visto fare mille volte a mio nonno e a mia madre. E questo me lo rese ancora più simpatico. Nonostante le distanze che teneva a mantenere, era evidente che ci fosse un'intesa tra noi. L'intesa era fondata su una questione di educazione. Lui non conosceva la "via larga", non sapeva mentire o imbrogliare. In più era del Nord e si trovava a disagio quando doveva confrontarsi con il linguaggio di certi siciliani, con quelle parole infarcite di toni allusivi, o minacciosi. Anche io mi sentivo a disagio, forse più di lui, perché ero consapevole di essere tra i miei simili. Per questo ci intendevamo, io e padre Alessandro. Non vedevamo il male dietro ogni cosa, ma ne constatavamo la presenza. L'unica persona di cui non potevo parlare era don Fabio. Lo difendeva a spada tratta. Siccome non perdeva mai la calma, quando accennavo alla mia diffidenza nei suoi confronti, lui troncava il discorso sempre allo stesso modo: «Tu non puoi capire». Aveva ragione.

# VIII

## AMA IL TUO NEMICO

Avete inteso che fu detto: Occhio per occhio e dente per dente; ma io vi dico di non opporvi al malvagio; anzi se uno ti percuote la guancia destra, tu porgigli anche l'altra; e a chi ti vuol chiamare in giudizio per toglierti la tunica, tu lascia anche il mantello. E se uno ti costringerà a fare un miglio, tu fanne con lui due. Dà a chi ti domanda e a chi desidera da te un prestito non volgere le spalle. Avete inteso che fu detto: Amerai il tuo prossimo e odierai il tuo nemico; ma io vi dico: amate i vostri nemici e pregate per i vostri persecutori, perché siate figli del Padre vostro celeste, che fa sorgere il suo sole sopra i malvagi e sopra i buoni, e fa piovere sopra i giusti e sopra gli ingiusti. Infatti se amate quelli che vi amano, quale merito ne avete? Non fanno così anche i pubblicani? E se date il saluto soltanto ai vostri fratelli, che cosa fate di straordinario? Non fanno così anche i pagani? Siate voi dunque perfetti come è perfetto il Padre vostro celeste.

Vangelo secondo Matteo 5, 38-48

In teatro non c'è un ufficio per il direttore artistico. Non è mai stato predisposto. Nessuno mi aveva dato una spiegazione, e del resto io ho subito interpretato quella mancanza per ciò che significava: l'indifferenza, il disprezzo e l'ostilità verso il motivo stesso per cui questa struttura esiste, cioè il teatro. Non avevo voglia di fare rivendicazioni, e così, con il passare dei giorni, mi sono ricavato un posticino accanto a Eugenio. Abbiamo messo una scrivania proprio di fronte alla sua. Ormai mi sopporta. Certe volte mi accorgo che mi guarda come se fossi un pazzo, ma alla fine mi dà una mano. Se solo osassi chiedergli di fare una cosa senza dire "per favore", o almeno senza un tono interrogativo, mi manderebbe affanculo con un bel: "Non è compito mio!". Qui dentro è la parola d'ordine.

Stiamo finendo di predisporre le carte per presentare la stagione teatrale, la produzione e la formazione. Quando saranno pronte, mi toccherà affrontare Carla, l'addetto al bilancio, uno dei dipendenti più rognosi. Mi hanno fatto capire – o vogliono farmi credere – che è l'unica a conoscere veramente i conti. Se intendo portare avanti un progetto devo prima parlare con lei dei costi. La prospettiva mi incute un certo timore, ma mi suscita anche enorme fastidio, perché so di dovermi confrontare con un burocrate che, come tutti gli altri, non sa nulla di teatro.

È una bella signora bruna, sui quarant'anni, un po' sovrappeso e con due occhi azzurri glaciali. Legge il progetto con molta attenzione e sottolinea le cifre. Poi fa un bel sospiro e mi elenca tutte le voci a cui dovrò rinunciare: «Gli spettacoli internazionali non si possono fare perché siamo un ente regionale e non possiamo lavorare con la Comunità europea, se non attraverso la Regione, quindi una cosa complicatissima, lo capisci da solo...». Io la guardo con un punto interrogativo stampato sulla fronte. Ma lei continua: «Già i nostri dipendenti non fanno un cazzo, quelli della Regione ancora meno... Niente, manco ne parliamo...».

Noto che mi sta dando del tu, nonostante abbia almeno dieci anni meno di me. Certo, io sono un artista, un giullare, lei invece è quella che comanda, è il burocrate dei burocrati. In effetti ha ragione, è molto più vecchia di me.

«I laboratori di formazione...» prosegue. Fa una smorfia, come a dire: "A che servono?". «Guarda... non sono neanche contemplati nello statuto del teatro, come facciamo? E tutte queste produzioni come le fai? Non abbiamo personale qualificato, ci sono quattro tecnici in tutto... E le sarte, i macchinisti, gli elettricisti, li dobbiamo prendere da fuori... Quanto ci costa? Qui sono tutti impiegati di concetto. Come fai a fare una produzione teatrale?»

Io sono ammutolito. Mi viene da chiedere soltanto: «Che significa "impiegati di concetto"?».

Lei mi guarda ed è perfettamente consapevole del mio sgomento, così com'è fiera di avermi annichilito, dal "basso" del suo potere occulto. Per lei è solo un gioco, o forse un esercizio che le consente di gestire il dominio di cui ha bisogno. Guarda il foglio e dice, con il tono compiacente di una maestra di scuola che parla a un bambino deficiente: «Ecco... le ospitalità sì... quelle le possiamo fare! Ma mi raccomando, però... dobbiamo comprare gli spettacoli chiavi in mano. Si devono portare tutto loro... facchini, tecnici e tutto il resto. Noi paghiamo e basta».

Più chiaro di così?!

Mi ha appena detto, in soldoni, quello che mi aveva spiegato con più rozza franchezza il presidente. Solo che io, pensando che fosse un coglione, non gli avevo creduto. E invece il coglione sono io. La regola è chiara: i dipendenti non devono fare niente, sennò si incazzano. Il metodo per non fare niente è quello proposto da Carla.

Rimango davanti a lei in silenzio. Finalmente vedo passare il presidente, che non si vede da parecchi giorni, e nessuno sa perché. Sono tutti molto omertosi, anche sulle cazzate. Negli uffici la fanno passare per una forma di rispetto, ma la verità è che se ne stanno fottendo. Non ti dicono niente perché non gliene frega niente.

«Grazie, Carla, sei stata esaustiva. Purtroppo però io penso che bisogna fare tutto. Cioè tutto quello che tu dici che non si può fare. Perché questo è un teatro e in un teatro bisogna fare teatro... anzi, le leggi, gli statuti e tutte quelle cose che hai detto tu sono fatti proprio per fare teatro. Io ero venuto da te per capire come organizzare il lavoro, non per sentirmi dire cosa si può fare o non si può fare... Comunque grazie. Magari adesso ne parlo con il presidente.»

Mi illudo di averle detto una cosa orribile. Ma Carla non ha nessuna reazione. Riprende a lavorare al computer con una leggerezza che riesce a esprimere una sequenza di brutti sentimenti: disappunto, sdegno, disprezzo, oltre alla profonda e compiaciuta consapevolezza di essere indefinitamente più forte di me. Io però non me ne rendo neanche conto, prendo le mie carte e mi fiondo nella stanza del presidente. Ha già acceso la sigaretta. «Ho avuto da fare, sono stato a Roma» dice, senza che io gli abbia chiesto niente.

«Bene. Ti volevo far vedere il lavoro che sto facendo.» E gli allungo le carte. «Sono le bozze della relazione programmatica.»

Lui comincia a leggere con attenzione, seguendo le righe

con le due dita tra cui tiene la sigaretta accesa. Alla fine, alza gli occhi dietro la solita nuvola di fumo e dice: «Interessante. Bravo. Del resto, io lo so che tu sei uno bravo».

Bene. A questo punto decido di non dirgli niente della discussione con quella specie di nazifascista. Penso che se lui mi dice che si può fare, si può fare. È il presidente quello che decide, non un'impiegata qualsiasi, anche se è addetta al bilancio. O no?

«Devi farla vedere al sovrintendente.»

«E chi è il sovrintendente?» faccio io. «Non è il Consiglio di amministrazione che stanzia i fondi?»

«Sì, ma è il sovrintendente che attua i programmi. È come l'amministratore delegato in un'azienda.»

Io lo guardo.

«Hai capito cosa voglio dire?»

«No.»

«Il sovrintendente si occupa dei dipendenti e della gestione, quindi è lui che devi convincere che il tuo progetto è valido e fattibile.»

«Cosa vuol dire che si occupa dei dipendenti?»

«Che fa lui gli ordini di servizio, stabilisce gli orari, gli straordinari, i compiti... anche perché siamo senza pianta organica. Sai cos'è la pianta organica, compare?»

Continua a chiamarmi *compare*. Allora dico: «No, compare, cos'è la pianta organica? Spiegamelo tu».

«Minchia, ti devo insegnare tutto!» E dopo questa battuta di merda, si fa una gran risata. «Capisco che sei un artista... ma certe cose le devi sapere se vuoi dirigere un teatro pubblico...»

La parola "dirigere" comincia a suonarmi fasulla in mezzo a questo trionfo di burocrazia.

«La pianta organica è quel documento che distribuisce i compiti ai dipendenti, secondo i meriti, le capacità e i criteri di legge.»

«Quindi mi stai dicendo che tutti i dipendenti che abbiamo non hanno un ruolo definito?»

«Esatto!» E mi guarda soddisfatto.

«Quindi, diciamo che non solo qui nessuno ha voglia di fare un cazzo, ma è anche legalmente autorizzato a non fare un cazzo?! Per questo rispondono tutti: "Non è compito mio!". È la pura verità, perché nessuno di loro ha un compito... neanche quella deficiente che fa il bilancio...»

Cazzo, l'ho detto! Che idiota.

«Ti ho avvertito di non metterti contro i dipendenti... E soprattutto non ti mettere contro Carla, che ti sbrana.»

Adesso mi sta cominciando a far girare i coglioni. «Ma come fate a lavorare così?»

«E che ci vuole? Il sovrintendente fa gli ordini di servizio settimana per settimana.»

«Ma è assurdo, oltre che una fatica inutile. Perché non fate la pianta organica, allora? Quanto ci vuole?»

«Compare, tu te ne sei andato, sei diventato un attore e ti sei scordato come funzionano le cose a casa tua. Se nessuno è obbligato a fare qualcosa, tutti sono obbligati a fare qualsiasi cosa. Se noi possiamo spartire straordinari, sollevare dalle responsabilità i dipendenti, farli lavorare di meno e guadagnare di più, li possiamo gestire meglio.»

«Non mi sembra. Anzi, mi pare che qui ognuno faccia il cazzo che gli pare... che poi equivale a niente.»

«Il fatto è che tu pensi solo al teatro. Questo è un ente pubblico come tutti gli altri. La cosa importante non è il teatro...»

«Ah no? Cazzo! In un teatro cosa c'è di più importante del teatro?»

«Il bacino di voti. Ogni dipendente vale cinque o sei voti, compresi familiari e amici. Per questo la Regione finanzia il teatro. Che cosa pensi? Il teatro non c'entra un cazzo. È solo una cosa di facciata, per far girare un po' di soldi e raccogliere voti. Stop.» Spegne la sigaretta e finalmente avverto un'amara ironia.

«E tu sei d'accordo?» obietto.

«Certo che non sono d'accordo, compare, ma è così e basta.»

La conversazione è finita. Mi giro e guardo fuori dalla finestra ripensando a quel passo del Vangelo. Non riesco ad amare i miei nemici, anche perché sono sorpreso di avere dei nemici in questa situazione. Sono venuto qui a lavorare, niente di più. Invece mi sembra di essere partito per una guerra. Non riesco a capire se sono l'eroe di una Scrittura sacra o un sempliciotto sprovveduto. Mi sento di assomigliare più al secondo.

# IX

## ORE 6.30

«Quello che gli uomini non capiscono delle Scritture è che alle Scritture non bisogna "credere". Nel senso che non è necessario "credere" che quella sia veramente la parola di Dio per capire che, chiunque l'abbia scritta, è perfetta.»

«Questa la prendo come una confidenza, padre... detta da lei la considero una confidenza.»

Stavamo guardando il pesce sui banchi del mercato ittico. Padre Alessandro ci teneva ad arrivare la mattina molto presto, subito dopo i grossisti, perché i ragazzi mangiassero sempre cose sane e fresche, soprattutto quando si trattava di pesce. Pur essendo friulano, se ne intendeva. Per di più era un uomo che sapeva osservare e apprendeva in fretta.

«Ma quale confidenza? La verità è sotto gli occhi di tutti. Noi abbiamo sempre bisogno di conferme... crediamo che una cosa sia vera solo quando tutti, o quasi tutti, o almeno la maggioranza, ci confermano che quella cosa è vera. Ma è uno stupido dettaglio, una trascurabile conseguenza. La verità è soltanto la verità, non deve essere certificata da nessuno.»

Era una brutta giornata di pioggia, e una volta rientrati in istituto eravamo rimasti bloccati davanti al cancello del parcheggio, perché il passaggio era ostruito da un'auto con le quattro frecce accese. Padre Alessandro decise di scendere, sotto l'acqua, portandosi il pesce per i ragazzi e lasciandomi solo ad aspettare che qualcuno mi facesse finalmente entrare e posteggiare. A un certo punto quella macchina cominciò a venire verso di me, a marcia indietro. La pioggia mi impediva di vedere chi ci fosse al volante. Comunque un maleducato, senza dubbio.

In istituto c'era un'aria strana. Passai in mezzo alle classi, nel silenzio di sempre. Solo piccoli rumori. Una matita che cadeva per terra, una sedia che si spostava e nient'altro.

Intanto padre Alessandro e don Fabio si erano chiusi in presidenza, me lo aveva detto il sacrestano. Aspettai. Non facevo altro che aspettare. Ore e ore in portineria e non riuscivo neppure a leggere, perché stavo scomodo e non potevo fumare. Come si faceva a leggere senza fumare?

Finalmente si accese la luce rossa: era l'ora della ricreazione. Mi distrassi un po' giocando a biliardo con i ragazzi, sentendomi sempre più inutile. Stavo perdendo il mio tempo prezioso. Seneca non me lo avrebbe perdonato. Anche i ragazzi sembravano strani, non dialogavano tra loro e neanche con me. Forse era una mia impressione. Don Fabio e padre Alessandro erano ancora chiusi in presidenza.

Ora per raccontarvi cosa fosse successo quella mattina devo prima prepararvi, cioè devo predisporre chi non conoscesse la nostra deplorevole cultura dell'omertà ad accettare l'inaccettabile. L'omertà è una condizione sentimentale, nel senso che si sviluppa dentro di noi e non è giustificata dalla paura ma dalla necessità di non alterare l'equilibrio delle cose, anche dove le cose sono le peggiori, affinché non cambino. Un po' come i cinquantenni che vanno a letto con le ragazzine e fanno finta di essere innamorati perché vogliono rivivere quelle sensazioni, perché hanno paura di invecchiare. Chiudere gli occhi, ignorare ciò che accade per fermare il tempo che, invece, se ne fotte e scorre via impietosamente. Mi sono sempre chiesto perché. Se tutti si lamentano di vivere così male in un posto così bello, perché non vogliono cambiare?

Non era successo niente, quel giorno. Niente.

Da quella mattina erano passate due settimane e don Fabio era ancora lì. Nel frattempo, il mio rapporto con padre Alessandro era decisamente cambiato. Avevo l'impressione che adesso si fidasse di me e così, di tanto in tanto, mi assegnava qualche turno come assistente. Il lavoro era più faticoso, ma almeno facevo qualcosa.

Una mattina a un tratto mi accorsi che mancava un bambino che mi era molto simpatico. Si chiamava Andrea. Tornando indietro con la mente realizzai che non lo vedevo proprio da quella strana mattinata piovosa. Chiesi lumi a Giulio, l'assistente più anziano, una strana razza di orso siciliano, antipatico, che parlava a monosillabi e quelle poche volte che mi rivolgeva la parola mi chiamava *stronzobbiettore*, così, tutto unito.

«I bambini vanno e vengono da questo istituto, non lo sai? Certo che non lo sai... perché sei stato due mesi a fare il rivoluzionario in portineria... coglione.»

«Perché vanno e vengono?»

«Non ho tempo per parlare con te... ho i piccoli stasera.»

Non era solo un modo per liberarsi di me, perché seguire

i bambini piccoli era una cosa che richiedeva estrema attenzione. Due di loro erano sordi profondi e non bisognava mai perderli d'occhio. L'informazione però non l'avevo avuta. Non sapevo dove fosse finito Andrea. Me lo ricordavo bene, perché era un bambino intelligente. Sembrava più grande dei suoi sette anni e dava l'idea di essere già sicuro di sé. Ma soprattutto mi ricordavo di un episodio accaduto nel periodo di Natale. Io ero di turno. C'erano solo cinque sordomuti che non erano tornati a casa per le feste. Alcuni erano orfani, altri provenivano da famiglie così indigenti che preferivano lasciarli lì per garantirgli almeno due pasti al giorno. Avevano tutti lo sguardo triste e dolce di quei bambini che non sanno cosa significhi avere una famiglia, ma lo intuiscono. O meglio, intuiscono che non averla è una mancanza enorme, anche se forse non riescono neppure a immaginare come sia fatta. Quando lo accompagnai a dormire, Andrea si mise il pigiama e poi, a gesti e scandendo il labiale, mi disse di non spegnere la luce e di andarmi a sedere su una sedia vicino al suo letto, di prendere il mio quadernetto, su cui evidentemente mi aveva visto scrivere quando ero in portineria, e rimanere fin quando lui non si fosse addormentato. Aveva paura del buio. Non me lo aspettavo da uno come lui. Ma non potevo che fare quello che mi aveva chiesto, nonostante fosse proibito dalle regole che dovevamo seguire quando assistevamo i bambini. Si addormentò quasi subito, come gli altri quattro. Non avevo neanche iniziato a scrivere, perché ero rimasto a guardarli e poi restai ancora a guardarli dormire, per un po'. A un certo punto spensi la luce e mi avviai verso l'uscita della camerata cercando di non fare rumore nel timore di svegliarli. Che inutile precauzione! Avrei potuto anche mettermi a urlare. Nessuno si sarebbe svegliato.

Mi venne in mente solo questo, mi sentivo tranquillo perché non si sarebbero svegliati e io sarei potuto andar via senza essere rimproverato per aver assecondato il capriccio di Andrea. Non mi sfiorò neppure l'idea di avere lasciato in quella stanza cinque bambini completamente indifesi. Ma a chi verrebbe in mente di fare del male a un bambino indifeso?

Mi sembrava che Giulio mi stesse nascondendo qualcosa, perché, per assurdo, il breve dialogo che avevo avuto con lui era stato fin troppo lungo. Di solito non parlava, non mi rispondeva neanche, oppure diceva: «Sì, stronzobiettore» o: «No, stronzobiettore».

Anche padre Alessandro sembrava preoccupato e io non riuscivo a trovare il momento adatto né le parole giuste per chiedergli dove fosse Andrea. Quando finalmente ci riuscii mi venne facile e lui mi rispose subito: «È stata una terribile disgrazia, sono povere creature indifese».

Non dissi niente e nella mia mente tornai a quella mattina buia e piovosa, in cui mi ero accorto di qualcosa che non sapevo riconoscere; quella macchina che usciva contromano e che non avevo mai visto prima, per esempio. La presenza della morte si avverte, ma non si sente, non si vede, non si riesce a riconoscere neppure dall'odore, forse proprio perché ciò che si avverte è l'assenza e non la presenza di qualcosa o di qualcuno. Andrea era morto. Era morto in istituto la notte prima. Il fatto che io non ne avessi saputo niente era, semplicemente, normale.

# X

## ESSERE O NON ESSERE

Se è vero, come credo sia vero, quello che diceva padre Alessandro sulle Sacre Scritture, è anche vero che ci sono testi teatrali che rispondono alla sacralità quasi quanto le Scritture riconosciute. Del resto, "qualsiasi azione l'uomo compia per costruire un mondo che abbia un significato è sacra" spiega Simone Weil; che poi è quello che fa Shakespeare. *Amleto* è uno dei miei progetti e sicuramente quello a cui tengo di più. Ma prima devo parlarne con il sovrintendente. È l'ultima possibilità, altrimenti dovrò seriamente chiedermi che cazzo sono venuto a fare. Sto perdendo tempo. Continuo a girare da un ufficio all'altro e continua a non succedere niente. Il problema è che il sovrintendente non c'è mai e, ovviamente, nessuno sa dove sia, né perché non ci sia. O almeno non lo dicono a me. L'unico impegno che ho è ricevere gente di cui non me ne frega niente. Da quando è stata diffusa la notizia che il teatro ha un nuovo direttore artistico, è iniziato un pellegrinaggio di decine di persone che vengono a trovarmi e che mi fanno perdere ore a parlarmi di cose letteralmente folli: il manoscritto di uno zio nato ai primi del Novecento, il nipotino di nove anni che "è nato per fare teatro!", la traduzione della *Divina Commedia* in siciliano, una riduzione teatrale delle mille e novantacinque pagine (!) di *Horcynus Orca* e i più variegati, improbabili progetti che le menti di vecchi professori in pensione, di amatori, di dopolavoristi e compagnie teatrali a "gestione familiare" possano concepire. Fuori dalla porta dell'ufficio c'è una fila che sembra di stare nella sala d'aspetto di un medico di base. Perdo i pomeriggi a cercare di spiegargli che questo è un teatro pubblico, che deve produrre teatro e che il teatro non è un passatempo: «Non è che se le viene voglia di imparare a fare il chirurgo va in clinica e le fanno operare un paziente con una peritonite acuta!».

«Che brutta battuta» mi risponde il professor Spampinato, assestandosi sulla sedia in modo da tirarsi su e guardarmi, dall'alto in basso, con un raffinato sdegno.

«Professore, io non sto discutendo la sua preparazione. Lei conosce le tragedie greche a memoria...» Lui fa per interrompermi, ma io lo anticipo: «... in greco e in italiano, lo so! Però, capisce, lei ha fatto il professore al liceo per tutta la vita. Fare teatro è un mestiere, c'è un mercato, ci sono le quotazioni, imprenditori pubblici e privati che investono... è un ambito professionale, come tutti gli altri, è difficile entrare a farne parte alla sua età...». Continuo a dissuaderlo educatamente ma lui, imperterrito, mi descrive ogni dettaglio della sua idea di messa in scena dell'intera trilogia di Edipo! I protagonisti devono essere, manco a dirlo, i suoi ex allievi, ovvero gli unici in città, o forse al mondo, a poter parlare in greco antico per circa tre ore di spettacolo! E devo ammettere che questa è l'unica cosa veramente interessante e teatrale di cui mi stia parlando. Ma è teatrale in sé, nell'accezione più sconsiderata che si possa dare al termine. Non riesco a congedarlo. È passata più di un'ora. Sono stremato. Forse l'unico modo per uscirne è dirgli di sì. Ma questi personaggi di provincia li conosco bene. Non gli sfuggi. Se gli dico che glielo farò fare e poi non mi faccio più trovare, lui mi tormenterà. Conosco anche la procedura: prima comincerà a inveire contro di me, a mandarmi messaggi minacciosi, a chiamarmi al telefono alle dieci e mezzo di sabato sera, dicendo che sono un maleducato perché non gli rispondo. Poi farà scoppiare una polemica sui social. Se continuerò a ignorarlo, andrà in cerca di qualcuno che mi conosce bene, qualcuno che lui sa essermi molto vicino, magari un vecchio amico di famiglia, e si raccomanderà umilmente con lui, parlandogli benissimo di me. Così costui mi telefonerà, fingendo di voler sapere come sto e come mi trovo in questa nuova esperienza, per poi dirmi: «Ti prego, parla con il professor Spampinato... poverino. Dagli ascolto, ricevilo. È stato un grande professore, tu te lo ricordi... Lui ti stima moltissimo! Rispondigli almeno al telefono. Fallo per me. Mi chiama tre volte al giorno! Non ce la faccio più...». Insomma non ne uscirei vivo.

Per fortuna bussano alla porta. Mi auguro sia il presidente che mi manda a chiamare, o magari il sovrintendente, così potrò vedere che faccia ha l'altro latitante della pubblica amministrazione; e invece appare un uomo che non conosco, alto un metro e cinquanta o poco più, che deve pesare almeno cento chili. Avanza sorridente, io mi alzo in piedi, per buona educazione, e anche perché vorrei sapere chi cazzo è e perché sta entrando nella mia stanza; lui allunga la mano e si presenta, dice di essere un mio ammiratore, e subito dopo sciorina la metà del mio curriculum. Nonostante l'aspetto inquietante, la sua presentazione ha successo. Ha risvegliato la mia vanità e mi ha reso più disponibile. *Forse è proprio lui il mio salvatore*, penso. Spero che sia qualcuno che ha qualcosa di importante da dirmi, cosa che mi permetterebbe di congedare questo insostenibile rompicoglioni senza dovergli promettere alcunché. Proprio in quel momento, l'uomo appoggia la mano sulla spalla del professore e mi guarda con aria disinvolta, mentre scuote allegramente il capo: «Mi raccomando, maestro, trattiamolo bene il professor Spampinato, che è uno dei nostri...». Io rimango impalato come un cazzone, non so che dire. Lui mi allunga di nuovo la mano: «È stato un piacere... e un onore, maestro». E se ne va. Cazzo! Questa era proprio la situazione in cui non avrei voluto trovarmi. Pensavo che queste cose fossero finite. Pensavo che alla mafia non gliene fottesse niente del teatro, tantomeno di un professore di liceo. Questo umile studioso, quest'improvvisato regista, quest'esegeta della tragedia greca, questo colto e raffinato professore di liceo, prossimo alla pensione, si è fatto "raccomandare" da un qualsiasi capobastone del cazzo? Ora lo butto fuori a calci nel culo. È quello che si merita. Ma lui se ne sta seduto sulla sedia in silenzio e mi guarda con un mezzo sorriso. Io sono ancora in piedi. Allora decido di turarmi il naso e porre fine al mio strazio: «Grazie, professore. È stato un piacere conoscerla. Mi lasci il suo numero. Mi faccio sentire io».

Lui si alza e io credo di avercela fatta, ma riesce a tenermi sull'uscio altri venti minuti, parlando senza soluzione di continuità di qualsiasi cosa, dai gossip locali alla storia monumentale della città, passando per le virtù canore della nipotina di quattro anni, fino alla folgorante carriera forense della figlia. Ogni minuto che perdo con lui mi sembra di avvicinarmi alla morte. A un certo punto finalmente se ne va. Non so come sia successo. Comunque non mi sento liberato. Anzi, mi è salita un'angoscia bestiale.

Eugenio rientra in quel momento. Neanche mi guarda e si siede al computer. Ma io ho bisogno di sapere chi è quel brutto personaggio. Guardo l'orologio e decido di andare a farmi un Negroni, perché in fondo di Eugenio non mi fido. Certo, andare a prendere un aperitivo da solo è più deprimente che tornarsene in albergo a dormire. Per fortuna incontro un vecchio amico, una persona molto socievole e brillante. Uno che girava con il vestito intero e la cravatta già a vent'anni. Sa tutto di tutti ed è anche un ottimo compagno di aperitivo. Beve poco e paga sempre lui. Come se non bastasse, Giuseppe è un avvocato, specializzato in diritto amministrativo. La persona perfetta da incontrare stasera. Mi prendo tutto il tempo. So che a lui piace parlare e gli lascio recitare a memoria tutte le occasioni dei nostri incontri giovanili. Per ogni episodio fa un elenco di nomi e poi digredisce sulla sorte di ognuno di loro, come se aprisse dei link per ogni personaggio. Devo dire che è veramente simpatico. È un uomo di successo; non un collezionista di *like*, ma un grande interprete della vita dal vivo. Così mi sbilancio e mi confido con lui. Ormai sono sicuro di essere di fronte a una minaccia mafiosa. Gli racconto tutto.

Lui scoppia a ridere: «Ma che dici? Ho capito perfettamente. Quello grosso, enorme, basso, che cammina spostando i fianchi e si mette di traverso per passare dalle porte? Non mi ricordo il nome, ma lo conosco... è un ragioniere della Regione, uno dei revisori dei conti del teatro. Non sai che ci sono anche i revisori dei conti in teatro? Quello è un ente importante...».

«Ma allora perché mi ha detto che il professor Spampinato è uno dei nostri? *Nostri* chi?»

«Ma che ne so... magari è massone o forse voleva solo dire che è una brava persona, un uomo di cultura come te...»

«Quello non è un uomo di cultura, è un pazzo, un disadattato...»

«Va bene, comunque che cazzo te ne frega?»

«Mi sono sentito minacciato.»

Lui mi guarda, posa il bicchiere che teneva in mano e diventa serio: «Ma che cazzo ne sai tu di minacce?».

Bene. Quest'aperitivo non è servito a niente. Continuo a perdere tempo. Sono ubriaco e me ne sto tornando in albergo con la stessa angoscia che avevo prima. Sto per vomitare. Poi non mi ricordo più niente.

# XI

# FARISEI

«Così è la vita, caro mio» disse padre Alessandro. «Cosa importa il tuo miracolo, il tuo lavoro, la tua fede, se stai violando il sabato? Nulla. Gesù ridava la vista ai ciechi, ma i farisei lo biasimavano se lo faceva di sabato, non rispettando il precetto. Biasimavano un miracolo per qualcosa che oggi chiameremmo un cavillo. Si difendevano dalla sua grandezza, con un'arma spuntata.»

Non ero d'accordo, ma solo su una cosa: non era corretto definirla un'arma spuntata. La burocrazia, la politica, quasi l'intera società odierna difende la propria ignoranza e inefficienza in questo modo: anteponendo la forma al contenuto, ma la forma vuota, cafona, bigotta. La forma alta, invece, è lei stessa contenuto, perché è l'anima delle cose. Se la spogli del suo senso, se la riduci a un foglio di carta bollata, al numero di un articolo di legge, la forma serve solo a uccidere, a negare il senso di tutto, se non a occultare la verità. Del resto, Adolf Eichmann non ha mai ucciso né ordinato di uccidere un solo ebreo. Era un funzionario. Ha però contribuito a pianificare a tavolino "la soluzione finale", conteggiando la possibilità di arrivare fino allo sterminio di dodicimila ebrei al giorno, "lavorando" ventiquattro ore su ventiquattro. Successivamente, ha organizzato i treni per le deportazioni nei lager. Calcolava che, per il freddo e l'indigenza, in ogni vagone ci sarebbe stato un certo numero di decessi durante i viaggi, il che gli consentiva di aumentare il numero dei "passeggeri". Al processo si difese dicendo di non essersi mai macchiato di alcun crimine e di essere solo un burocrate. Fu condannato a morte per impiccagione. Padre Alessandro aveva intenzione di cambiare molte cose all'interno dell'istituto. Aveva ignorato le pressioni degli altri preti affinché si mantenessero le vecchie abitudini, dai fornitori alimentari alla manutenzione degli impianti sportivi, e mi era sembrato che non vedesse di buon occhio neanche il progetto di ristrutturazione avviato precedentemente. Ma su questo avrebbe dovuto vedersela con don Fabio che, a mio parere, non era affatto tornato per sistemare "alcune cose", ma giusto per mettere il naso in questa storia, e cioè nel grande appalto che aveva controllato fin dal primo momento. Insomma, a padre Alessandro tutti cercavano di mettere i bastoni tra le ruote, per via burocratica o disapplicando le sue direttive. Nessuno credeva nei suoi cambiamenti, né sul piano pedagogico né sul piano dell'organizzazione e della gestione dell'istituto in generale, per il semplice fatto che non si tollerava l'idea di cambiare qualcosa. Ma lui era molto più forte di me, e più determinato. Era un vero capo. Ci sarebbe voluto altro per fermarlo. Così, mentre continuava a parlarmi degli intoppi e degli ostacoli che gli si paravano davanti, mi spiegava quanto fosse semplice migliorare la vita di tutti esercitando il potere nel modo giusto. Mi attaccai a quell'espressione, "migliorare la vita", per tornare a parlare d'amore. Perché non si può certo sperare che la vita migliori se non c'è l'amore, e intendo l'amore carnale, non quelle cose filosofiche o spirituali che cercano di farci credere i preti. All'improvviso lui disse che aveva amato quattro donne. Disse proprio così: «In tutta la mia vita ho amato quattro donne». Senza specificare di che amore si trattasse, ma almeno stavamo parlando di donne. Una l'aveva incontrata prima di entrare in seminario. Poi c'erano state una cantante, una vecchia compagna di scuola e un'interprete dei segni, che era pure gay, aggiunse. Gli scappò un sorrisetto che mi mise in imbarazzo; non era politicamente corretto! Ma se un prete ti sta dicendo che ha amato quattro donne, diventa difficile capire cosa sia corretto e cosa no. Rimasi scioccato. Ero troppo giovane per capire quanto la vita sessuale dei preti sia simile alla nostra. E non sto dicendo che tutti i preti e le suore vadano spensieratamente a letto con la prima persona che gli capiti, ma la fedeltà ai voti non dev'essere così semplice e scontata come ci piace credere.

Comunque la cosa veramente sorprendente non era quali o quante donne avesse amato, ma che le aveva amate tutte insieme, ovvero contemporaneamente. E non certo perché fosse un maiale o un bugiardo, semplicemente perché non riusciva a lasciarle, perché non sopportava l'idea di vederle soffrire: «Non puoi negare l'amore a una persona che ti ama». Per un attimo pensai che fosse quello il vero amore; un piacere senza confini. Ma non potevo giustificare in un modo così banale tutto quello che padre Alessandro mi aveva appena riversato addosso. Mi sentivo responsabile per lui e cercavo di trovare un'idea per difenderlo, come se fossi stato io stesso il peccatore che continuavo a vedermi davanti.

Rimasi in silenzio per qualche istante e poi tutto d'un fiato dissi: «Mi dica che cosa pensa della morte di quel bambino, la prego, io non ce la faccio più...».

Non mi aspettavo che mi rispondesse, pensavo che avrebbe glissato, invece mi riferì, parola per parola, quello che gli aveva detto don Fabio la mattina in cui erano rimasti chiusi in direzione. Lui si era fatto prendere dall'angoscia e non sapeva cosa fare. Per questo si era consultato con don Fabio. Si sentiva giocoforza responsabile di quella tragedia, in quanto direttore dell'istituto. Ma don Fabio lo aveva tranquillizzato, a suo modo: «In ogni momento della nostra vita ci può capitare di dover affrontare delle prove più o meno difficili. Sentirsi responsabili è una forma di egocentrismo. Tu pensi solo a te stesso... Chiedi: "Perché mi è accaduta una cosa così terribile?". Ma quella cosa non è accaduta a te. Per niente. È accaduta a quel bambino... È accaduta e basta. Invece tu non riesci a guardare oltre te stesso e credi di essere la vittima. Perché il male è in noi. Così ogni tragedia diventa la nostra tragedia. Invece siamo soltanto spettatori inermi. Dobbiamo interpretarla come un'occasione che il Signore ci dà per misurarci con noi stessi». Come sempre, le sue parole lo avevano illuminato.

Poi ricominciò a parlare di donne. Come se avesse capito che mi stava scandalizzando e come se questo gli piacesse. Ma, all'improvviso, spostò il discorso sul valore simbolico della Vergine Maria, a cui aveva dedicato la sua vita, l'unica che aveva amato con tutto se stesso. Io, invece, avevo la sensazione che stesse parlando di un'altra Maria, quella ben più terrena e che sembrava essersi aggiunta al suo harem. Intanto continuava a confondermi con un gioco perverso di etimologia e di assonanza: Marìa, Medèa, Maìa. Ma si vedeva che era stanco di tutto questo amore. Finché non riprese il suo tono istituzionale. Mi disse a brutto muso che io non avevo avuto nessun ruolo in quella faccenda e che la cosa non doveva interessarmi: «Lo hai detto tu che gli obiettori non devono sostituirsi agli assistenti. Ufficialmente, tu non hai nessun rapporto con i ragazzi». Mi congedò in fretta aggiungendo: «È tutto». Senza neanche guardarmi in faccia.

Un altro esperto di donne, a modo suo, era il commissario Andrea Zizza. Prima era nella DIGOS, e io lo conoscevo bene perché veniva a controllare che fascisti e comunisti non si prendessero a mazzate davanti a scuola. Ci guardava entrare e uscire ogni giorno. Veniva da solo, non aveva bisogno di guardie. Non che incutesse timore, ma rispetto sì. Tutto sommato gli volevamo bene. Non era uno di quei commissari affascinanti con l'impermeabile e la barba lunga. No, Zizza era sovrappeso, anche se il suo metro e ottantacinque rendeva meno evidente la pancia. La faccia lunga, con un naso adeguato, gli occhi castani e una bella bocca da maschio. Era un uomo buono. Detestava mettersi in conflitto con chicchessia, ma se qualcuno cercava di fregarlo si incazzava molto.

Quando si affacciò alla portineria, mi prese un fremito di allegria. «Commissario Zizza!» Ero veramente contento di vedere quella che, in quel momento, mi sembrava l'unica faccia amica della giornata. Non mi venne neanche in mente che potesse essere lì per la storia del bambino morto. Ero solo contento e stupito di vederlo. Ovviamente, non appena gli chiesi perché fosse venuto non mi rispose, come fanno i poliziotti. Disse solo che voleva parlare con il direttore.

«Il nuovo o il vecchio?» domandai. «Perché se vuole parlare con chi comanda veramente qua dentro, deve parlare con don Fabio, mi sa...»

«Voglio parlare con il direttore» rispose lui.

Non avevo nessuna speranza di scucirgli qualche informazione. Rimase almeno mezz'ora ad aspettare padre Alessandro e mi raccontò un sacco di cose. Si era appena lasciato con la moglie e non faceva altro che mangiare, questo mi disse. Ridevamo. E intanto io lo guardavo negli occhi, quasi a supplicarlo: "Mi dica cosa è successo in questo posto così assurdo, la prego!". Ma non avevo il coraggio di chiederglielo. Tanto più che sarebbe stato inutile. Il direttore non arrivava e Zizza aveva da fare. Disse che sarebbe tornato.

# XII

## NEOMAFIOSI

Una volta era così: c'erano i fascisti e i comunisti e si prendevano a randellate per strada. Poi, quelli ancora più cretini cominciarono a sparare. Ma in Sicilia neanche questa insana passione ha preso piede più di tanto. La rivolta studentesca è stata una pallida imitazione di ciò che accadeva nel resto d'Italia e quelli che ci credevano, come me, erano considerati dei rompipalle, più che degli estremisti. Qui non c'è mai stato un progetto politico né un'idea rivoluzionaria, una passione civile. Non c'è lavoro, non c'è industria, non c'è impresa, non c'è crescita, non c'è traccia di un disegno culturale. Paradosso dei paradossi, non si sfrutta nemmeno il turismo. La politica è servita soltanto a trasformarci in questuanti di fronte allo Stato. Bisognosi, abbandonati. Ma siamo noi, il popolo, a permettere questo scempio, adattandoci pigramente all'inefficienza programmatica e nutrendoci di terziario. Che senso ha parlare di politica? L'unico progetto politico che si è realizzato è quello mafioso: il lento percorso dei criminali alla conquista delle istituzioni e di tutta l'economia della società civile di un tempo.

«Sì, compare, però non è che tu gli puoi dire mafiosi a tutti quelli che incontri. Sei in un teatro pubblico, hai un ruolo istituzionale... Queste sono parole pesanti!» È Fabrizio, il mio amico giornalista, quello della sinfonia di Beethoven. Siamo al telefono.

«Fabrizio, la vuoi smettere con questa cazzo di ambiguità?! Ma che significa che ho un ruolo istituzionale? E poi non lo sto dicendo a tutti, lo sto dicendo a te! Stavo ragionando con te sul fatto che questi scansafatiche si comportano come dei mafiosi! Non è che l'ho scritto su Facebook o dichiarato in conferenza stampa.»

«Appunto! Quindi, se i dipendenti non lavorano, dici che sono scansafatiche, incompetenti, inefficienti, ma non mafiosi. Non dire che sono mafiosi, perché è l'unica cosa che li fa incazzare. Dici che si rubano lo stipendio, che sono tutti d'accordo per non fare niente dalla mattina alla sera, che si spartiscono gli straordinari senza farli, che obbligano i dirigenti ad assumere maschere e tecnici esterni per favorire le ditte degli amici, ma non gli dire che sono mafiosi!»

«Scusa, compare, hai ragione. Io credevo che quella parola comprendesse proprio tutte le cose di merda che hai elencato tu! Evidentemente mi sbaglio. Vuol dire che la prossima volta lo dirò solo se c'è una sentenza passata in giudicato. Tu, ormai, ti sei adeguato a questo moderatismo verbale del cazzo...»

«Vedi che non sei più a scuola... devi pesare le parole.»

«Va bene, Fabrizio, grazie. Ora ho da fare. Vattene affanculo, cortesemente.» Le nostre discussioni finiscono spesso così. Ci vogliamo bene lo stesso. Forse lui mi provoca mosso da sano egoismo, perché ha paura che io me ne vada di nuovo, o, peggio ancora, che mi caccino a pedate.

Finalmente ho capito perché non ho mai visto il sovrintendente. Stava per scadergli il mandato, e quindi era impegnato a brigare per la città, cercando di intercettare qualche politico compiacente che potesse raccomandarlo per la riconferma. Purtroppo per lui, senza successo. Lo sapevano tutti e, naturalmente, nessuno me lo diceva. Così, senza motivo. Lo sto apprendendo in questo momento dal presidente. Seduto accanto a me c'è uno degli altri due consiglieri di amministrazione, un tipetto basso con un occhio offeso; un tirapiedi di certi vecchi politici, ormai usciti di scena, che per riconoscenza avevano impiegato le loro ultime forze per "sistemarlo" al teatro. Così si dice qua, quando raccomandi qualcuno: che lo "sistemi". Il fatto che prima non avesse mai messo piede in un teatro non ha nessuna importanza. Però millanta grande conoscenza dell'amministrazione pubblica, quantomeno per via dei decenni trascorsi a fare il portaborse. Continua a essere deferente nei modi, si china per salutare chiunque, dà a tutti del *lei*, è informatissimo sul tessuto sociale della città, soprattutto nella sfera della media e dell'alta borghesia. Si chiama Sergio La Capria, ma tutti lo chiamano Sergino, per via della sua statura.

«Dobbiamo nominare Enzo Guarnera» dice, scandendo il nome.

Io cerco di capire meglio cosa stia succedendo. Non mi aspettavo di dover affrontare questa cosa adesso. Fino a qualche giorno fa non sapevo manco che cazzo significasse sovrintendente. Sono venuto qui per fare teatro, e invece mi sembra di essere all'università a studiare una materia che non mi piace.

«Scusi, Sergino, ma, se ho capito bene quali sono i compiti del sovrintendente, non mi sembra che Enzo Guarnera sia adatto a un ruolo del genere... Io lo conosco bene. Abitavamo a cinquanta metri di distanza ed era un rubagalline pure ai tempi in cui giocavamo a *ciuscia*.»

Lui mi guarda come se non avesse capito. In effetti, è troppo vecchio per aver giocato con le figurine dei calciatori a "soffio", come dicevamo noi per italianizzare *ciuscia*, appunto. In realtà, con Enzo non avevo mai giocato, perché era più grande di me. Ma avevo avuto modo di conoscerlo perché già a quei tempi esercitava un sottile dominio sui ragazzi più piccoli, compreso il sottoscritto. Frequentava i marciapiedi e gli oratori e aveva creato un piccolo mercato nero delle figurine. Non essendoci ancora gli algoritmi, le case che distribuivano le bustine con le figurine, tipo la Panini Modena, incorrevano in qualche squilibrio nel confezionamento e nella circuitazione nazionale. Così alcune figurine risultavano difficili da trovare in una città e facilissime in un'altra. Il che, tra l'altro, cambiava il valore delle figurine nell'ambito dei giochi e degli scambi. Una figurina "difficile" poteva valere anche cento figurine "facili"! Siccome il padre di Enzo si spostava spesso nelle città limitrofe, per ritirare i grandi rulli di pellicola in 35mm per i suoi cinema, Enzo gli commissionava l'acquisto di un ingente numero di bustine che poi ci rivendeva a prezzo maggiorato, proprio perché provenivano da altre città. Noi investivamo tutti i nostri risparmi di bambini in questi acquisti e gli correvamo incontro felici quando lo vedevamo tornare con le bustine fresche fresche. Ma non era tutto. Ci obbligava ad aprirle davanti a lui perché su certe figurine veramente difficili lui chiedeva un pizzo, che a volte concordava prima, altre volte se l'inventava sul momento, strappandocele di mano.

Insomma, non posso spiegare tutte queste cose a Sergino. Non mi capirebbe. Allora cerco di andare per le vie brevi: «Non ha mai fatto il manager... è laureato in Lettere e la laurea se l'è comprata... Qui non è difficile, lo sanno tutti».

So di far incazzare il presidente dicendo così; tra i suoi maneggi e incarichi politici, è riuscito anche a sgraffignare una cattedra universitaria. Lui però non si scompone e continua a fumare.

Allora vado avanti: «E comunque Enzo non capisce niente di teatro né di amministrazione pubblica... Francamente, non credo che il suo curriculum risponda ai requisiti di legge!».

«Che c'entra...» dice Sergino. «È un grande esperto di cinema.»

«No, Sergino... a parte il fatto che questo è un teatro, lui non è un grande esperto di cinema, è un ex esercente cinematografico che ha fatto fallire le tre sale che suo padre gli aveva lasciato in eredità... quindi mi pare che il suo *karma* non sia beneaugurante. Finisce che chiude pure questo teatro!»

«Ma proprio per via...» Improvvisamente si interrompe. Scuote la testa in un modo strano, dall'alto verso il basso, come se avesse una molla al posto del collo, poi il tono si fa solenne e commiserevole al tempo stesso: «Enzo *avi di bisogno...*».

Il presidente spegne la sigaretta e si butta indietro sulla sedia, come a dire: "Be', allora non possiamo fare a meno di...".

Io li guardo sconvolto. «State dicendo che siccome questo signore è in ristrettezze economiche...»

«Lo dobbiamo aiutare» sussurra Sergino.

«Lo dobbiamo aiutare dandogli l'incarico di sovrintendente del teatro? Se è un vostro amico, e volete aiutarlo, fategli un prestito, o trovategli un lavoro... Non potete dargli un incarico così importante...»

Silenzio. Sergino si guarda la punta delle scarpe e il presidente accende un'altra sigaretta.

«Cazzo, però, anch'io sono un fumatore, ma così mi uccidi!»

Lui fa un mezzo sorriso, appoggia la sigaretta sul portacenere e quella continua a fumare copiosamente. Poi, finalmente, interviene: «Anche Lalla è d'accordo».

«E ora chi cazzo è 'sta Lalla?»

Sto perdendo la calma. So dove mi vogliono portare, ma non ho capito perché parlano di queste cose davanti a me. Io non c'entro niente, è una decisione che devono prendere loro. Il direttore artistico, oltre a non contare un cazzo, non ha diritto di voto in Consiglio. Intanto mi sono ricordato che Lalla è una certa Lalla Spadaro, il terzo consigliere di amministrazione, ovvero il terzo voto. Una disadattata di buona famiglia, appassionata di cultura, con tanti soldi e molto tempo libero. Certamente lei farà quello che le dicono di fare questi due compari, quindi la nomina del sovrintendente è cosa fatta. Forse vogliono il mio consenso solo perché hanno paura che io ne parli alla stampa. Alla fine mi attacco all'unica cosa a cui ti puoi attaccare in questo brulicare di farisei.

«Ma non bisognerebbe fare un bando, per legge?»

«Certo, il bando si deve fare» dice Sergino.

«Però voi decidete prima chi lo vincerà. Giusto?»

«Gioia, lei è un artista...»

Mi manda in bestia il fatto che mi chiami *gioia*.

«I bandi... anzi, in questo caso si dice: "manifestazione di interesse"» e scandisce le lettere. A modo suo mi sta dando una lezione di diritto amministrativo. «E comunque si fanno per garantire la trasparenza. Ma non è che noi siamo vincolati... la scelta è discrezionale.»

«Quindi il bando è una truffa?»

A questa parola Sergino ha come un sussulto che a stento riesce a mascherare. Fa un'espressione corrucciata. «No, non deve dire queste parole. Vuole accusare qualcuno? È una cosa grave.» Mi sembra un pazzo che recita una parte. «La truffa è un reato grave, gioia, noi siamo un'amministrazione trasparente.»

Mi sono rotto veramente i coglioni. Mi alzo. Dico che io non c'entro niente con questa nomina e che comunque, anche se non posso dire "truffa", mi sembra una presa per il culo!

Appena esco dalla stanza mi trovo davanti proprio Enzo Guarnera. Era già là! Ovviamente sapeva tutto e tutto era già stato deciso. Mi viene incontro. Non so che dirgli.

«Ciao» mi fa lui. «C'è lo zio?»

Non ho il tempo di rispondere, perché mi passa davanti e va a bussare alla porta del presidente, che è rimasta aperta. Rimango impalato e sento i loro convenevoli, formali, fasulli, che mi rimbombano in testa. Ritorno nella mia stanza e penso che stia andando tutto a puttane. Guardo quello stronzo di Eugenio che mi ignora completamente e intanto mi sovviene perché Enzo abbia chiamato Sergino *zio*. Non sono parenti, neanche alla lontana. Ma siccome Sergino è il portaborse più potente e generoso (con il denaro pubblico!) di tutta la città, quelli che più hanno beneficiato dei suoi favori lo chiamano così. E tra questi, naturalmente, c'è Enzo.

Io Sergino non lo biasimo più di tanto, beninteso. Ha imparato dai suoi cattivi maestri i meccanismi più abietti, ma anche più efficaci, della politica siciliana e adesso li applica a un livello più basso, se così si può dire. Ha assistito a grandi spartizioni, appalti truccati, ha vissuto l'infinita ricchezza della speculazione edilizia, la connivenza con la vera mafia tra gli anni Settanta e Novanta, il monopolio politico degli appalti. Lui, come detto, si muove in ambiti più ristretti, come il teatro, appunto, o le aziende partecipate. Roba di poco conto, insomma, di basso livello politico. Disgraziatamente quel livello è il mio! E la riuscita di quello che sono venuto a fare dipende proprio da lui.

Ormai mi sono calato completamente in questo posto, sto iniziando a limitare i miei orizzonti e a ragionare come loro. Riconosco le magagne perché ci sono invischiato, e soffro il loro giudizio come quello di una madre. L'unica cosa che mi viene in mente di fare è parlarci subito, stasera stessa, prima che si sbrighino le procedure fasulle che mi ha spiegato Sergino e che la nomina diventi ufficiale. Così rimango seduto alla scrivania e fingo di lavorare, mentre con un occhio guardo fuori dalla porta. Per uscire Enzo deve passare davanti al mio ufficio, e io sono pronto a intercettarlo. Non mi serve neanche una scusa, magari gli faccio una battuta sul passato, sulle figurine e poi prendo il discorso.

Si è fatta sera. Quelli sono chiusi là dentro da due ore. Anche Eugenio se n'è andato a casa. Sono rimasto solo io. All'improvviso li vedo passare tutti e tre. Si dirigono verso l'ascensore, che, finalmente, è stato riparato. Non posso corrergli dietro, non mi va. Chissà di che cazzo hanno parlato e *inciuciato*... meglio di no. Poi sento che l'ascensore si chiude e qualcuno ritorna indietro. Enzo batte le nocche sulla mia porta aperta e si viene a sedere davanti a me. Ha messo su una bella panza dall'ultima volta che l'ho visto. Prima non me ne ero accorto. Mi guarda fisso, intreccia le mani, fa scrocchiare rumorosamente le dita e poi si mette con le braccia conserte.

«Noi due dobbiamo lavorare insieme.» Io lo guardo, senza dire niente. «Lo so che non ti sono simpatico, che pensi che sia un raccomandato, ma ti sbagli...»

Cazzo, quei due gli hanno spifferato tutto!

«Ma io sono qui per salvare il teatro!»

«Ma da che?» dico io.

«Dai debiti!»

«I debiti si pagano facendo attività... Bisogna solo farlo ripartire... Ho fatto vedere il mio progetto al presidente...»

«Il presidente non capisce un cazzo!»

A un tratto mi accorgo che non ha perso quello strano difetto di pronuncia che aveva da giovane. Una cosa strana. Pronuncia le parole come se ogni tanto gli battesse la lingua sui denti davanti, così, senza una regola: "Il *pet*idente non capi*tt*e un ca*tt*o!".

Mi sono distratto. Ho smesso di ascoltarlo perché pensavo a quel difetto e, per di più, mi ha stupito che, prima ancora di essere nominato, abbia già insultato il presidente.

«Parli così del presidente che ancora ti deve nominare?»

«Lo di*t*e anche lui che non gli pia*t*e il tea*t*o... Non lo '*t*o offen*t*en*t*o.» E continua a battere la lingua in quel modo assurdo. «I*tt*anto ho de*t*iso di avocare a me *i* bilan*t*o.»

«Enzo, io non me ne intendo di queste cose tecniche... Io sono venuto per fare il mio lavoro. Il bilancio è una cosa oscura, per me, figurati se capisco cosa significa "avocare a sé" il bilancio... E poi tu da quand'è che te ne intendi di amministrazione pubblica? Io ti ho lasciato che gestivi un cineforum estivo... dopo che avevi dovuto chiudere tutti i cinema di tuo padre.»

Forse ho esagerato ma lui è impassibile. Prende fiato e sentenzia: «*T*e il con*t*iglio di ammini*tt*a*t*ione non redige il bilan*t*o en*t*o quindi*t*i giorni dalla scadenza annuale, il *t*ovrinten*t*ente lo avoca a *t*é. *T*oè decide come *t*i spendono i soldi, se non lo hai ancora capito».

«Quindi vi siete messi d'accordo? Loro hanno fatto scadere i termini, così tu puoi gestire tutto...»

«Io sem*p*e que*tt*o ho fatto, gioia... Ge*tt*ire! Lo hai detto tu...»

Pure lui ha iniziato a chiamarmi *gioia*!

«Penso che qui sia un po' diverso. Sono molti più soldi e sono pubblici, cioè di tutti...» dico.

«Mi devi *p*e*p*a*a*e la '*t*agione *i p*ima po*tt*ibile.»

Ottimo! Finalmente stiamo parlando di teatro! Finora non era mai successo. Forse l'ho giudicato male. Comincio a spiegare e, a mano a mano mi entusiasmo sempre di più. «Ho in mente un progetto nuovo. Cioè non una semplice stagione, come si fa in tutti i teatri di provincia, comprando gli spettacoli di giro. Dobbiamo produrre molto, utilizzando tutti gli impiegati che abbiamo... e in questo dovresti aiutarmi tu... Possiamo coinvolgere le risorse artistiche e professionali del territorio, ma non i questuanti, raccomandati, piuttosto gli attori e gli artisti che se ne sono andati, come ho fatto io, del resto.» Tiro fuori le mie carte e gliele mostro. «Facciamo quattro produzioni e quattro ospitalità, più due spettacoli internazionali. Anche se quella dice che non si possono fare...»

«*Quella* chi?»

«Carla, l'addetta al bilancio. Ma non capisce niente... Con quattro produzioni a un costo contenuto possiamo dare lavoro a decine di persone. Mi sembra questo il compito di un teatro pubblico, o no?»

«Qui produrre è complicato, gioia.»

«Che vuol dire complicato?»

«Qui comandano i dipendenti, non lo *t*ai?»

«No. Cioè sì... Veramente prima non lo sapevo, ma ora l'ho capito...»

«Ecco. A loro la *p*odu*tt*ione gli rompe i coglioni...»

«Quindi non possiamo fare produzione? Allora che cosa mi hanno chiamato a fare? E noi di che cosa stiamo parlando?»

«Però tu a me mi devi capi*t*e... a loro non gli piace lavorare *t*oppo, come fate voi in tea*t*o, con quelle prove che non finiscono mai, fino a ta*d*da notte...»

«Ma che stai dicendo, Enzo? Questa è letteratura. Le prove si fanno in orario di ufficio.»

«Insomma, comunque *t*e li vuoi fare lavorare di più, li *t*evi oliare...»

«Li devo oliare?»

«*Tì*, li *t*evi *g*atificare economicamente.»

«Mi stai dicendo che li devo corrompere per farli lavorare nel teatro da cui vengono stipendiati?»

«Ma che dici?» Adesso comincia a recitare la parte dell'amico. È un attore veramente scarso, comunque ci prova. Ride. «Ce*t*to, un direttore artistico che corrompe i dipendenti per fa*l*li lavorare non s'è mai vi*tt*o...» Continua a ridere.

«Ma che cazzo c'è da ridere, scusa?»

«Va bene, poi te lo *p*piego come si fa.» Si alza ed esce dalla porta, mentre senza neanche girarsi mi urla: «Ti farò fare una *p*odu*tt*ione, gioia! Una!». E mentre scandisce quell'"una", tenendo il dito in alto, assume un tono paternalistico.

Mi alzo di scatto e gli corro dietro fino all'ascensore. Cerco di essere calmo. «Non puoi dire così. Ne dobbiamo riparlare, vediamo qual è la reale disponibilità economica...»

«Non *t*i *t*ono so*d*di, te*t*oro.»

Ora è passato a *tesoro*, perché fa il saggio. E intanto l'ascensore è arrivato. Lo guardo entrare e non so che cazzo dire. Le porte stanno per chiudersi.

«Ma come fai a sapere che non ci sono soldi se manco hai cominciato?»

«Perché non *t*i sono mai so*d*di, te*t*oro!» Poi continua, urlando da dentro l'ascensore: «Dobbiamo risollevarci. Bisogna fare *p*pettacoli impo*tt*anti, che pia*tt*iano alla *d*ente...».

Ecco. Tanto per cambiare. La frase che tutti i politicanti, i finti manager, gli organizzatori improvvisati, i funzionari come Eugenio usano per fare argine alla propria ignoranza. Non potendo pensare a un progetto o a un'idea vera, per programmare un teatro, si appellano ai "nomi" (cioè alle persone famose), alle operazioni di facciata e a un non ben identificato gusto comune, che loro chiamano, appunto "gente"! La *gente* si vuole divertire. La *gente* viene a teatro solo se ci sono i grossi nomi. La *gente* non si vuole annoiare. Dicono così e vorrebbero costringere tutti a sottostare a questa legge di mercato, che non esiste. Il pubblico del teatro è attratto dal teatro. E basta. Enzo, invece, è il tipico parvenu che crede di poter intercettare il gusto delle persone, perché presume che il gusto degli altri sia scadente come il suo.

Qui c'è una temperatura veramente mite, anche d'inverno. Mi sto godendo questa passeggiata verso l'albergo.

L'atmosfera non è cambiata, ma la città mi appare più bella di come era una volta. Come se fosse cresciuta insieme a me e insieme a me avesse cancellato i brutti ricordi. Vedo in lontananza il corpo di una donna, praticamente perfetto. Mi sembra di sentire il sapore giovane della sua pelle che si confonde con i segni della vita, sul viso maturo. È venuta a distrarmi, a farmi dimenticare che sono tornato all'inferno e a farmi credere di essere in paradiso. La mia voce. Mi dice che non sentiva la mia voce da anni e che "la sente nella pancia". Mi viene da ridere, giro lo sguardo, mi nascondo. È così diretta che mi sembra di essere in un romanzo di formazione. Mi apre la porta su un'idea adulta dell'amore. Ma potrebbe essere una finestra, un balcone senza parapetto. O è solo sesso. Questo l'ho già detto.

«Vediamoci... per un caffè. Non hai il tempo neanche per un caffè?» E sorride. Quant'è bella.

Si sente in lontananza *Paris Milonga* di Paolo Conte, che arriva da una finestra aperta. Mi guardo intorno e sto per dire: "Ma che cazzo ci faccio qui?". Ma soprattutto: "Cosa ci fai tu?", cioè lei. Perché continua a guardarmi in quel modo? Non mi muovo. Non la guardo. Poi sì. E poi sento ancora le parole di quella canzone che mi dice che sono venuto ad amare. Ma, invece, non succede niente.

# XIII

## LE SORDOMUTE

La visita di Zizza aveva aperto un varco nel mio cuore, una speranza, mentre il mio rapporto con padre Alessandro era tornato a essere altalenante, almeno per me. Così, ogni tanto, gli facevo qualche dispettuccio. Tipo portare i ragazzi all'Istituto per Sordomute delle suore. Loro mi adoravano per questo. Nessun assistente li portava dalle ragazze. Avevano paura che i preti se ne accorgessero e li punissero, o addirittura li cacciassero via. Io, invece, me ne fregavo, tanto mi punivano continuamente e comunque non potevano cacciarmi. Magari mi avessero cacciato! Ero un militare ed ero obbligato a stare lì. Così, di tanto in tanto, mi inventavo una scusa, un museo o una cazzata qualsiasi e almeno lasciavo scopare i ragazzi e sentivo che nell'aria si diffondeva un po' d'amore.

Ero rimasto a sonnecchiare quasi tutto il pomeriggio, seduto al posto di guida del furgoncino, posteggiato dietro l'istituto delle suore. Non mi vedeva nessuno, perché le suore non giravano mai dietro il palazzo: c'era solo una stradina cieca e poi un burrone a picco sul mare. I ragazzi sapevano come entrare senza fare rumore e, evidentemente, facevano anche tutto quello che dovevano fare senza fare rumore. Proprio come le ragazze. Ogni tanto ne usciva qualcuna che mi voleva conoscere e ringraziare. Certune erano bellissime e mi mettevano al cospetto della mia miseria. Le guardavo impotente e quella bellezza mi sembrava irraggiungibile, perché la mia viltà borghese mi impediva di concepire un amore con una ragazza sordomuta.

Comunque, quella stradina era veramente il posto giusto per gustarsi la solitudine e pensare a queste e ad altre cose. Zizza però la conosceva. Entrò nel furgone e si sedette al posto del passeggero, senza riuscire a trattenere un sorriso. «Commissario, cazzo, ma come ha fatto a trovarmi?»

«Sei proprio uno stronzo, sai? Dire a un commissario "come ha fatto a trovarmi?"... Tu non ti fidi di me.» Accese una sigaretta. «Ti ricordi i tempi della scuola e pensi che siccome ero buono con voi... allora va bene tutto. Non è vero? Sì, è così, perché per voi essere buoni significa essere accondiscendenti e permissivi su tutto e su tutti. E invece no! Eravate dei ragazzi e nessuno di noi aveva voglia di denunciarvi o farvi passare qualche notte in Questura. Non sarebbe servito a niente. Qui però stiamo parlando di omicidio. Stiamo parlando di mafia.» Inutile dire che entrambe le parole mi sorpresero e mi terrorizzarono. «Hai paura?» disse lui con il suo solito sorrisetto. «Avete tutti paura della mafia. Perché non sapete che la mafia è la normalità e per combatterla basta fare come si fa con i delinquenti comuni. Li affronti, li prendi a calci nel culo e li sbatti in galera.» Aprì lo sportello e si dileguò.

«Porco cazzo! Commissario Zizza!» Gli corsi dietro, ma

non riuscii ad arrivare alla fine della stradina che i ragazzi sciamarono fuori tutti insieme e si infilarono nel furgone come dei felini. Si sentivano le suore urlare dentro l'istituto e i ragazzi che battevano le mani sui finestrini per attirare la mia attenzione. Ebbi appena il tempo di ritornare indietro di corsa, mettere in moto e fuggire in retromarcia sulla strada sterrata. C'era una suorina sull'uscio della porta di servizio, magra magra e piccola di statura; mi guardava da dietro gli occhiali spessi, senza muovere un muscolo; stava cercando di capire chi fossi, ma da quella distanza doveva riuscire a stento a vedere il furgone. L'avevo sfangata per il momento. Ma le suore avrebbero sicuramente chiamato il nostro istituto per denunciare ai preti l'incursione dei ragazzi.

*Padre Alessandro capirà*, pensai. *E, se non capisce, questa è la volta che mi incazzo davvero.*

# XIV

## APPUNTI

Ho sempre portato con me un blocchetto o un piccolo quaderno su cui prendere appunti di vita. Riflessioni, pensieri disordinati da custodire e da rileggere e riprendere, in caso di necessità. Come quel quaderno su cui Andrea mi aveva visto scrivere, quella sera che non avevo fatto in tempo ad annotare il mio sgomento di fronte a dei bambini indifesi. Questi quaderni e le frasi che ci scrivo dentro, sono come le cose che si conservano in cantina. Cose che possono servire, ma che non servono mai e di cui, in ogni caso, non hai memoria; te ne ricordi dopo averle buttate, perché giusto allora ti sarebbero servite.

Fatto sta che una frase scritta su un quadernetto, quand'anche fosse una riflessione preziosa, un'idea geniale o un bel pensiero di qualcun altro, rimane sepolta e non è destinata a riemergere se non in un noioso pomeriggio in cui non hai niente da fare, mentre sfogliando uno di quei vecchi quaderni ti domandi: *Ma che cazzo significa? Che cosa ho scritto? Perché ho preso questo appunto?*

*La complicità è femminile. Due donne nella stessa vasca da bagno.*

*La vita è come il dentista: quando meno te lo aspetti finisce.*

*Dare è dare. Riprendere è rubare. (Jean-Luc Godard)*

*Il progresso è fatto da persone che hanno preso posizioni impopolari. (Roland Barthes)*

*Non è possibile fare una distinzione tra l'essere davvero innamorati e il fare finta. (Harold Bloom)*

*La notte è generosa. Morendo, regala la luce.*

*Come sarebbe bello poter seguire le proprie vicende senza fare lo sforzo di parteciparvi.*

Adesso, invece, ero completamente invischiato nelle mie vicende.

Qualcuno aveva ucciso quel bambino e non era stata una disgrazia, come mi aveva detto padre Alessandro. Zizza non avrebbe usato la parola "omicidio", e neppure la parola "mafia", senza una ragione. Io credevo a Zizza. La cosa che mi faceva incazzare era che non voleva spiegarmi cosa fosse successo. E poi perché la mafia avrebbe dovuto uccidere un bambino sordomuto? Che assurdità! Sentivo che il colpevole doveva essere quell'odioso e bastardissimo ex direttore. Ed ero convinto che Zizza avrebbe scoperto la verità, e che lo avrebbe fottuto. Non so cosa avrei dato per vedere quella viscida testa pelata in galera, con tutto il suo bagaglio di presunzione e di malvagità. L'unica cosa che non capivo era perché lo avesse fatto. Che vantaggio aveva potuto trarne?

# XV

## IL VANTAGGIO

È questo il punto: il vantaggio è solo una cosa apparente o, magari, iniziale. Enzo sarà nominato sovrintendente perché ne possa trarre un vantaggio economico, mi sembra che questo sia l'unico motivo. Una volta realizzato il suo scopo, potrebbe benissimo starsene seduto in ufficio a firmare le carte e a prendersi lo stipendio. Invece no. Prima ancora di iniziare a usurpare quel ruolo, sta già esercitando il suo potere. Coloro che scalano la società senza merito non capiscono che il potere è, letteralmente, la grande possibilità di fare le cose; *potere*, appunto. A causa di una cultura rabberciata tra i libri di scuola e il sentito dire, questi arrampicatori sociali hanno invece un'idea più letteraria e comune del potere e lo intendono come dominio. È per questo che continuo a dire che sono tutti mafiosi e non me ne frega un cazzo delle obiezioni di Fabrizio. Hanno la stessa malattia di quei latitanti supermiliardari che accettavano di vivere dentro una stalla per decenni, pur di esercitare il loro potere di vita e di morte. E non mi piace quando qualcuno dice che è una cosa diversa, perché non è vero. Ci sono vite distrutte dalla violenza del potere, comunque si esprima. La violenza dei nuovi farisei non è diversa da quella dei vecchi mafiosi. Tutto ciò che, in ogni campo, la burocrazia può fare a un comune cittadino è altrettanto crudele. Una piccola vita può essere distrutta con un banale impedimento, con un documento dolosamente disperso, con un'assenza ingiustificata, con una firma mancante, con la negligenza, con la pigrizia.

«Ma che cazzo significa che non si può assumere questa responsabilità? Ma che cazzo ci state a fare qua? È un foglio di carta e basta!» sento qualcuno inveire contro uno dei nostri dipendenti, al di là della porta della mia stanza. Dalla voce mi sembra un ragazzo. «Allora fatemi parlare con il direttore!» Il volume e la tensione continuano a salire, intervengono altri impiegati.

Apro la porta, lui si zittisce improvvisamente e rimane a guardarmi impalato. È davvero giovane, avrà venticinque o ventisei anni, non di più. «Accomodati» dico.

Lui entra e io gli faccio segno di sedersi sulla sedia di Eugenio che, tanto per cambiare, non c'è.

«Mi scusi, direttore, io non volevo disturbarla... solo che Boncoddo mi ha fatto perdere la pazienza.»

«Boncoddo?» Sono talmente tanti che non riesco a memorizzare tutti i nomi.

«Sì, è per la sala prove. Io ho fatto la domanda perché sto mettendo su uno spettacolo con una compagnia di giovani...» Si ferma. È imbarazzato, ma nel contempo mantiene una compostezza esemplare.

Secondo me è un attore. Non è né esuberante né esibizionista, ma mite e disciplinato. Penso che qualsiasi cosa mi chiederà gli dirò di sì. Ma nello stesso tempo realizzo che qualsiasi cosa io gli prometta dovrò poi chiederla a Enzo, che non capirà un cazzo e non me lo consentirà, ricordandomi che io non ho nessun potere.

«Stai preparando uno spettacolo?»

«Sì, ma non è di questo che volevo parlarle. Noi siamo ragazzi, lei è un professionista e avrà mille cose da fare qui... Io ho solo chiesto di poter usare la sala prove per due ore, tre volte a settimana. Prima Boncoddo mi ha detto che dovevo fare una richiesta scritta. Io gliel'ho portata e lui mi ha mandato da Ottavio Zanghì, quello...»

«Sì, lo so chi è Ottavio...»

«Ecco... Ottavio mi ha detto che non era corretta e me l'ha fatta riscrivere. Ho portato la nuova domanda a Boncoddo, che mi ha detto di consegnarla alla Marabello, che però quel giorno era assente ed è tornata dopo una settimana, cioè oggi. La Marabello mi ha mandato da Urzì perché non era sicura se ci volesse o no la marca da bollo. Urzì mi ha detto che ci voleva la marca da bollo, io sono andato a comprarla e quando sono tornato lui era uscito. L'ho aspettato per due ore e quando è tornato mi ha detto che era troppo tardi e l'ufficio protocollo era chiuso. Sono tornato da Boncoddo e gli ho chiesto se potevo lasciarla a lui e lui mi ha risposto: "Io non mi posso prendere questa responsabilità!". Allora mi sono incazzato. Le chiedo scusa. Volevo solo domandare questa cosa... Pensavo fosse semplice. Pensavo che un teatro pubblico potesse sostenere il nostro piccolo progetto, proprio perché siamo giovani, alle prime armi, ma ci piacerebbe fare questo lavoro. Magari lo avrà fatto anche lei quando ha iniziato... Volevo solo la sala prove per poche ore alla settimana, ma sembra un'impresa impossibile.»

Comincio a pensare di scritturarlo. Sono certo che sia un buon attore. Lo vedo dall'onestà con cui ha scandito ogni parola. Forse è più che un attore, è un ragazzo colto con in testa dei progetti e l'idea di intraprendere un lavoro di cui ha già compreso il significato. Quello che gli è stato negato è lo spazio vitale di cui ha bisogno per esprimersi. Devo aiutarlo.

«Come ti chiami?»

«Ferdinando. Ferdinando Cuomo, maestro.»

«E quando hai cominciato a fare teatro?»

«Mi sono diplomato alla scuola del Piccolo due anni fa e poi sono tornato e ho messo su una compagnia.»

«Tornatene a Milano, Ferdinando. Questo non è un posto adatto a uno come te. Fidati. Scappa, scompari. Qui non hai futuro. Sei un illuso. Tu sei uno di quei ragazzi che vuole riscoprire la cultura della sua terra, che studia le proprie radici con uno sguardo moderno... Magari fai la spesa al supermercato biologico e hai un amico che sta per aprire un ristorante vegano di prodotti tipici del territorio! Non è vero?» Lui mi guarda un po' sconvolto. Forse mi sta prendendo per un pazzo. «Certo che è vero, perché tu credi nella Sicilia e nei siciliani. Sogni la rinascita. Tu vuoi restare e ne sei anche orgoglioso. Invece sei solo un coglione, Ferdinando. Vattene, prima che sia troppo tardi.»

Si è zittito e lentamente si è alzato per congedarsi. Io ho parlato senza rendermi conto di quello che stessi dicendo. Un demone si è impossessato di me e ha detto, con la mia bocca, proprio l'opposto di quello che avrei voluto dirgli. È stato un raptus. Come se in quella stanza mi fossero apparsi tutti in una volta i fantasmi del passato, che mi avevano fatto scappare via da questo posto ormai troppi anni fa. I ricordi che credevo di aver cancellato, come un uomo tanto innamorato da dimenticare il tradimento subìto. Così ho cercato di distruggere i suoi sogni, senza neanche rendermi conto di quanto fossero uguali a quelli che avevo io e che ho ancora.

# XVI

## AMLETO

Devo ammettere che da quando Enzo si è insediato stiamo lavorando senza troppe difficoltà. Certo, mi sono dovuto adattare. Non so neanche perché ma, così come aveva minacciato, la produzione è una, soltanto una. Per fortuna, è *Amleto*. Le mie idee di rinnovamento sono andate quasi completamente a farsi strafottere. Non mi resta che far convergere tutto su questo progetto. Ho scritturato più attori possibili, tecnici, scenografi, costumisti e altri artisti che lavorano qui. Ora devo pensare solo a questo, sennò non riuscirò a concludere niente. Devo superare l'ultimo ostacolo, perché, ovviamente, Enzo vuole che il protagonista sia uno famoso, uno che piace alla gente!

«Enzo, ti prego, Amleto è uno studente universitario, avrà vent'anni o poco più... Non ci sono attori famosi di vent'anni in Italia.»

«Va bene, se ne ha qua*t*anta, in tea*t*o non si capisce... si *t*ucca un po'.»

«Non è vero... ma comunque non si può scegliere un attore in questo modo.»

«Ah no? *T*enti, gioia, que*tt*a è un'impresa, lo capi*ti*? O meglio, è come un'impresa. Il *p*odotto va confe*ti*onato per bene, non *ti* può andare allo sbaraglio...»

È un discorso tra sordi ma io non posso mollare, sennò piano piano mi farà fare tutto quello che dice lui.

«Però, Enzo, questo è Shakespeare. Ci sono delle regole, c'è una storia secolare... i grandi maestri che lo hanno messo in scena. Peter Brook, per esempio.» Anche se è un ignorante, sono sicuro che si ricordi di Peter Brook perché, quando aveva ancora qualche sala, il suo *Mahābhārata* in versione cinematografica aveva avuto un grande successo. Infatti lo vedo calare la testa. Bene, penso. Sto andando bene. «Peter Brook dice che, per mettere in scena i grandi testi di Shakespeare, bisogna incontrare il nome del titolo, altrimenti non lo puoi fare. Non si può cercare l'attore per fare Amleto, Re Lear, Riccardo III. Bisogna incontrarlo. Magari a una festa, per caso... ma se lo cerchi non lo troverai mai.»

Lui mi guarda come un cazzone. Ormai mi ha calato la testa su quel nome e non sa cosa inventarsi per replicare. Allora la sparo io: «Io Amleto l'ho trovato proprio qui, qualche giorno fa».

«E chi *t*arebbe?»

Magari spera che sia il figlio di qualcuno a cui vale la pena fare un favore. Ha capito che è un ragazzo che abita qui. Questo potrebbe essere un vantaggio, per lui.

«Si chiama Ferdinando Cuomo. Si è diplomato a Milano, è appena tornato e ha messo su una piccola compagnia. Un ragazzo molto preparato, bello, intraprendente, sensibile. Ha talento.»

«Cuomo, il figlio del direttore del...»

«Non credo. Mi pare che il padre sia un impiegato.»

«Alberto Cuomo, il fun*t*ionario del Comune...»

«No, lavora in un supermercato, in amministrazione.»

Mi sono inventato tutto, perché non so niente di Ferdinando, l'ho visto una volta sola. Ma io so recitare e stavolta l'ho fottuto.

Enzo fa una lunga pausa. Chissà a cosa sta pensando. «Hai *p*eparato le gare d'appalto per la *t*enografia, i co*t*tumi, le luci...»

«Le gare d'appalto? Io? Io faccio teatro. Faccio l'attore, il regista in questo caso, non so fare gare d'appalto... E poi a cosa servono? Le scene e i costumi li possiamo realizzare noi. Abbiamo i laboratori e i tecnici... Perché non li facciamo lavorare e risparmiamo? Magari così possiamo pagare di più gli attori...»

«Di' a Carla di *p*eparare le gare d'appalto. I soldi sono già *t*anziati. Lo vuoi capire che noi non po*tt*iamo realizzare un cazzo? Non abbiamo neanche l'a*tt*icurazione e i laboratori non *t*ono agibili da anni...»

«Perché non sono agibili?»

«Ah, que*tt*o dovresti chiederlo al Comune. Sono di proprietà del Comune, noi ce li abbiamo in comodato gratuito... Non ce ne po*tt*iamo occupare noi.»

«C'è sempre un motivo per cui non possiamo fare qualcosa, vero, Enzo? Da quando sono qui sto imparando tutto su come si fa a non fare niente. Gli impiegati sanno sempre cosa *non* è compito loro e cosa *non* possono fare...»

«Sei sempre '*t*ato polemico, da quando eri raga*tt*ino.»

«Enzo, non mettere in mezzo queste stronzate... Tu non sapevi neanche chi fossi, quando ero ragazzino... semmai ero io che conoscevo te.»

Finge di conoscermi e si sbilancia in giudizi sul mio carattere perché mi vuole portare indietro, mi vuole far passare per un fanciullino viziato e presuntuoso. Come fa un parente stronzo e prepotente che si atteggia a uomo di mondo solo perché è un po' più grande di te e presume di conoscerti per questo. La cosa grave è che ci riesce. Io mi sento molto più intelligente e più bravo di lui, ma mi faccio sottomettere continuamente.

A un certo punto mi accorgo che sta scrivendo qualcosa su un foglietto di carta. Me lo mette sotto il naso: «Que*t*te sono le ditte che devono vincere: Cucinotta per la *t*enografia e i co*t*tumi, Di Pietro per le luci... Ah, a*p*petta...». Si riprende il foglietto e scrive PREVITI, tutto maiuscolo: «So*p*attutto que*t*ta, per i trasporti!».

«Ma quali trasporti? Se ancora dobbiamo fare lo spettacolo... Mica stiamo partendo per la tournée...» È stata la prima cosa che mi è venuta in mente e l'ho detta. Tutto il resto mi è rimasto in gola. Con poche parole mi ha appena spiegato che il teatro, ovvero lui, con la collaborazione di Carla, la kapò del bilancio, istruirà delle gare d'appalto false per poi assegnare gli appalti stessi a ditte che, con tutta probabilità, gireranno una mazzetta a Enzo, e forse anche a Carla, perché no? E non a caso ha scritto anche il nome di quella ditta di trasporti, visto che le ditte di trasporti sono quelle preferite dai mafiosi per coprire i loro affari. Naturalmente mi viene in mente Fabrizio: non dirgli che sono mafiosi! Comunque con questo stronzo me la posso vedere io: «Bene, chiedo a Carla di preparare le gare d'appalto. Chi farà l'offerta migliore vincerà». E me ne vado.

Magari troverò il modo per essere presente al momento in cui Enzo aprirà le "buste", così che non faccia imbrogli.

Ma non sto pensando a questo. Sto pensando allo spettacolo, all'urgenza di farlo, perché fare lo spettacolo è la mia unica via d'uscita. Non tanto in base alla sua riuscita o al consenso che potrà avere, ma almeno perché tra qualche giorno dovrò iniziare le prove e quindi entrerò in teatro e finalmente tutto il resto scomparirà; i dipendenti svogliati, le trame politiche, i questuanti, tutti questi loschi figuri e anche la paura di fallire. Perché tutto verrà inghiottito e sospeso dal grande vuoto magico del teatro. E poi andrà tutto bene, ne sono certo. Adesso devo rintracciare Ferdinando. Devo fargli un provino, ma so già che è una formalità: l'ho riconosciuto. È lui il mio Amleto, ne sono sicuro. Di certo qualcuno degli impiegati avrà il suo numero, visto che se lo stavano palleggiando da chissà quanto per la storia della sala prove. Infatti la Marabello ce l'ha. Mi gusto questa telefonata come se avessi l'acquolina in bocca. Cosa c'è di più bello di chiamare un ragazzo che non se lo aspetta e che quando sentirà la mia proposta esploderà di felicità? Sto assaporando per la prima volta il vero potere: il potere di rendere felice qualcuno che se lo merita.

# XVII

## LE PROVE

Qualche giorno prima di iniziare le prove, mi sono messo a dieta, come mi aveva insegnato padre Alessandro. Cerco una concentrazione totale. Vado a correre la mattina presto e poi comincio subito a lavorare sul testo, nel pomeriggio provo con gli attori. Niente aperitivi, cene o altre distrazioni. L'estraniamento e la sospensione del luogo teatrale, di quello che volgarmente chiamiamo palcoscenico, che è invece l'intero spazio vuoto in cui si svolge questo rito secolare, ti consentono di uscire dalla realtà. La mente si distende e si svuota, mentre intorno aleggia qualcosa che assomiglia all'idea dello Spirito. Il testo, lo spettacolo, la musica, la recitazione, l'interpretazione e persino gli esercizi e il lavoro fisico diventano un pensiero unico ed effondono un piacere talmente appagante da ricordare l'erotismo. Ma è oltre, è "non essere", appunto.

*Amleto* è un testo facile: basta dirlo. Ma bisogna capirlo profondamente. Quindi è difficilissimo. Ferdinando ha superato il provino brillantemente e adesso che abbiamo iniziato le prove è veramente felice. Mi ha detto che non si sarebbe mai aspettato che lo chiamassi per fare Amleto, dopo quella brutta serata. Era logico. Magari quella notte avrà dormito male, ma adesso che è qui a lavorare, nel suo teatro, nella sua città e con uno stronzo come me che ha proprio le sue stesse idee, sta da Dio. Lo ascolto ogni giorno e mi compiaccio della mia scelta. E ascoltandolo capisco ancora meglio ogni dettaglio di questo testo, ne colgo la lezione geniale, sintetica e insuperata nel tempo:

*Di' la battuta, ti prego,*
*come te l'ho recitata io, con agilità di lingua;*
*ma se la declami, come fanno molti dei nostri attori,*
*preferirei che fosse il banditore cittadino*
*a dire i miei versi.*
*E non segare troppo l'aria con la mano, così;*
*tratta tutto con misura;*
*poiché nel torrente stesso, nella tempesta, e potrei dire,*
*nel turbine, della tua passione,*
*devi ottenere e produrre una moderazione che le dia scioltezza.*
*Oh, mi offende fino in fondo all'anima*
*udire un tizio esagitato e imparruccato*
*strappare a brandelli una passione,*
*farne stracci,*
*per spaccare l'orecchio di quelli in piedi in platea,*
*che, per la maggior parte, non capiscono altro che incomprensibili pantomime e rumori [...]*
*Non essere nemmeno troppo controllato,*
*ma lascia che il tuo giudizio ti sia tutore.*
*Adatta il gesto alla parola e la parola al gesto,*
*con questa particolare avvertenza,*
*di non superare la misura naturale.*

*Perché qualsiasi cosa,*
*esagerata in tal modo,*
*è lontana dallo scopo del teatro,*
*il cui fine, sia all'origine come ora, era, ed è,*
*di reggere, per così dire, lo specchio alla natura,*
*di mostrare alla virtù il suo vero volto,*
*al vizio la sua vera immagine,*
*e all'età stessa e al corpo dell'epoca la sua forma*
*come in un calco.*

Da quando ho iniziato le prove, trovo qualsiasi scusa per non passare dagli uffici. Non voglio pensare alle beghe del teatro. Ho rinunciato anche alla collaborazione dei dipendenti. Preferisco lavorare da solo con gli attori, tanto quelli, anche se vengono alle prove, non fanno niente, perché non saprebbero cosa fare, non hanno mai fatto teatro. Anche quelli che facevano i tecnici si sono disamorati. Accendono le luci, aprono il sipario e se ne vanno.

Un giorno, mentre me ne sto seduto in sala a sentire quei versi stupendi, mi si avvicina un impiegato, uno di cui manco mi ricordavo, uno dei tanti imboscati, e mi dice che Enzo deve parlarmi urgentemente. Mi domando che cazzo possa esserci di così urgente di cui parlare. Decido comunque di dare una pausa agli attori e salgo negli uffici per vedere cosa voglia. Non posso ignorarlo, visto che mi ha lasciato in pace fino a ora.

Nella stanza ci sono due scagnozzi seduti sulle poltrone davanti alla sua scrivania. Due scagnozzi politici, due tirapiedi in giacca e cravatta. Mi sovvengono le parole del presidente al nostro primo incontro e mi rendo conto che è arrivata la campagna elettorale, proprio in mezzo alle mie prove. Non fa niente. Posso resistere. Sono carico.

«Que*tt*i no*tt*i amici» dice Enzo, «sono venuti a saluta*tt*i.»

Ecco l'urgenza: due sconosciuti che sono venuti a salutarmi! Gli scagnozzi si alzano all'unisono e mi salutano deferenti. La discussione è completamente vuota, senza senso. Ogni tanto nominano questo "Luciano", che immagino sia il nome di battesimo del politico per cui chiedono il voto. Io sono molto distratto e calo la testa senza pensare. Dopo cinque minuti hanno già finito, mi salutano e se ne vanno. Alla fine Enzo è contento e, tutto sommato, è stata una cosa breve. Posso riprendere le prove. Ma proprio quando sono sulla porta mi fa: «Guarda che que*t*te sono pe*tt*one influenti...».

Non devo rispondere. Devo pensare a fare lo spettacolo e a non rivendicare sempre le mie idee del cazzo. Lo dice anche Amleto: agire, fare, rappresentare.

«Vedi, Enzo, per me le persone influenti sono il cancro di questa società. Per di più queste non sono affatto persone influenti, ma soltanto galoppini di gente che non sai manco se vincerà le elezioni e se conterà qualcosa. Io non capisco com'è possibile che tu continui a stare in mezzo a questa merda da una vita e non ti sia ancora accorto che quelle che tu chiami "persone influenti" non influiscono proprio su un cazzo! Questi vogliono i voti e vengono qui a fare i lacchè, poi non gliene frega un cazzo di te, di me, del teatro e di niente.»

«Que*t*te sono elezioni regionali, gioia, e que*t*to è un ente regionale... Se vogliamo i soldi dalla Regione è meglio avere qua*c*che amico...»

«Potresti evitare di chiamarmi *gioia*?»

«Che hai oggi, sei ipersen*t*ibile? Le prove non vanno bene?»

«No, va tutto bene... anzi direi che quella è proprio l'unica cosa che va bene...»

«E allora rila*tt*ati.»

Mi sta facendo incazzare ma rimango calmissimo. «Sai cosa non capisco, Enzo? Perché devi leccare il culo a questa gentaglia per avere i soldi della Regione, invece di fare bene il lavoro che dovresti fare e basta? Sì, certo, so che tu non sai fare un cazzo... ma ci sono io. Sono stato chiamato per questo. Sfruttami! Io lavoro più del dovuto anche se non mi aiuta nessuno, e farò lo spettacolo, la programmazione e tutto il resto così che la Regione ci dia il suo contributo. Perché ci spetta. Non c'è bisogno che fai il lecchino. Adesso scusami. Torno a provare. E non mi chiamare più per queste stronzate, per favore.»

# XVIII

## LA SCENEGGIATA

Quando la vita sociale diventa messa in scena mi disturba e mi annoia più di un brutto spettacolo. Perché è più falsa di un brutto spettacolo, piena di noiose bugie che ti instillano il dubbio e ti confondono le idee. Così arriva sempre un momento di saturazione in cui sento il bisogno di dire la verità e la dico, quali che siano le conseguenze. Ma con don Fabio non era così facile farlo. Mi aveva convocato in quello che sembrava essere diventato il suo ufficio, cioè la stanza del direttore. Non volevo mostrarmi ostile, ma ero molto teso. Quel prete era in grado di sfruttare ogni mia debolezza. Me ne stavo infossato nella poltrona di pelle di fronte a lui, che beveva il caffè seduto su una sedia di legno. Mi dominava anche fisicamente. E mi parlò senza staccare mai i suoi occhi dai miei.

«Il peccato non è il frutto della nostra interpretazione. Non è la mia idea della vita, né la tua, che segna i confini. Non c'è una morale individuale che possa indirizzare le nostre azioni a generare fatti e conseguenze che siamo in grado di controllare. Tutto ci sfugge, invece, e ciò che noi generiamo con ogni nostra scelta segue una strada che non ci appartiene più, ma lungo la quale finiamo per pagare il prezzo di ciò che abbiamo compiuto. L'inferno è qui. È evidente. Noi ne alimentiamo il fuoco con i nostri peccati...»

«Io non sono credente, padre» dissi, tirandomi un po' su sulla poltrona. Non era vero, ma la cosa mi dava un tono e mi sembrava una possibile via d'uscita.

«Non sto parlando di credenze, ma di reazioni a catena. Di responsabilità che derivano da comportamenti illeciti, che incidono sulla vita sociale di una città.» Fece una pausa, si alzò e riprese fiato. Sembrava sinceramente turbato, ma stava solo recitando bene. Poi, con quell'arroganza da libro stampato, sottile ma falsa, proseguì: «Io non penso che la castità sia un aspetto determinante nel cammino di un sacerdote. Ho sentito e più volte tollerato vicende che potevano apparire scabrose all'occhio del bigottismo clericale. Certo, non mi fa piacere che i preti se ne vadano a scopazzare in giro...». Abbozzò un sorriso. Io lo guardai senza giudicarlo, ma con un punto interrogativo stampato sulla fronte. *Scopazzare*... Che cazzo voleva dire? Per un attimo si era trasformato in uno di quei preti impacciati che pensano di poter comunicare con la gente facendo i cretini, dicendo le cose come le diciamo noi. Così come fanno certi genitori con i figli piccoli. Per me è una forma di disprezzo. Come se ti dicessero che per farsi capire devono scendere a un livello più basso, che poi è il tuo livello. Ma lui non era così. Sapeva esprimersi come una persona autorevole perché metteva a frutto la sua erudizione, interpretava ciò che aveva studiato e lo manipolava con il suo pensiero oscuro a piacimento. Infatti, si accorse subito di avere sbagliato e riprese a parlare dandosi un contegno. «Voglio dire che non sono un bigotto, ma penso che se siamo veramente convinti di non compiere un peccato e di non violare la legge di Dio, forse perché contiamo di essere perdonati da Dio stesso, non possiamo essere altrettanto fiduciosi se violiamo le leggi degli uomini, perché gli uomini non perdonano così facilmente. Se non riesco a resistere alla tentazione della carne e mi giustifico invocando l'amore; se chiedo perdono a Dio e mi sento già perdonato, perché non sento di peccare; se tutto ciò accade nel mio cuore e nella mia testa, nessuna ragione mi può far ignorare che il mio peccato si faccia strada nella vita di altre persone...» Fece una brevissima pausa, che mi consentì di prendere coraggio e decidere di rischiare il tutto per tutto.

Mi alzai di scatto. «È sempre un piacere ascoltarla, padre. La teologia è affascinante. Fantasiosa almeno quanto le teorie evoluzioniste. Senza offesa.»

«Padre Alessandro mi ha messo in imbarazzo con il maggiore benefattore del nostro istituto, proponendo cambiamenti radicali a cui il nostro territorio non è ancora pronto, coinvolgendo oltremodo le famiglie dei sordomuti, come se volesse renderle responsabili della loro stessa tragedia. E, come se niente fosse, si è scopato anche sua moglie. La professoressa Maria Alibrandi» disse, tutto d'un fiato e senza cambiare mai tono.

«Non capisco perché viene a dirlo a me. Io non so neanche di chi stia parlando... l'avrò vista due...»

Ero di nuovo sulla difensiva. Lui non volle approfittarne. Mi congedò in fretta, infastidito. Sembrava piccato perché non aveva ottenuto niente da me. Non era affatto vero. Avevo mantenuto un contegno, ma ero turbato dalla sua sceneggiata contro padre Alessandro. Soprattutto mi chiedevo perché non avesse detto niente riguardo al bambino morto. L'aveva presa alla lontana, sfruttando il più banale punto debole di padre Alessandro, a cui lui stesso sembrava, del resto, non attribuire tanta importanza. Il suo intento era quello di screditarlo ai miei occhi? (cosa che forse stava già facendo con molte altre persone); o era solo un capriccio, un'antipatia naturale, invidia? Da vero uomo di potere, nel senso peggiore che si potesse immaginare, stava portando fino in fondo il suo capriccio, come avrebbero fatto Caligola o Erode, per annientare padre Alessandro, ed eliminarlo?

# XIX

## LO SPAZIO VUOTO

Prima o poi pagherò un prezzo per quello che ho detto a Enzo l'altro giorno. Quando mi incontra, mi saluta a testa bassa, come un bambino mortificato. Starà covando il suo rancore, per questo non mi guarda. Adesso è passato davanti alla mia porta per andare a pranzo e non mi ha neanche salutato. Non avrei dovuto trattarlo in quel modo. Poi anche Eugenio se ne va a mangiare. Io no. Mi alzo e giro un po' per i corridoi nell'attesa che inizino le prove. Non c'è nessuno. È bellissimo rimanere da soli dentro un teatro. Tutto assume un aspetto irreale, ogni corridoio, stanza, persino i bagni risuonano di quel silenzio che è il suono del teatro. Ogni cosa sembra sospesa, la luce che filtra dalle finestre staziona e permane, intrecciandosi con rumori lontani che questo grande vuoto assorbe e divora. È una sensazione fortissima e me la godo tutta.

Prendo le mie cose e scendo giù per le scale per andare alle prove; sono ancora immerso in quel silenzio. A un tratto, con inaspettata dolcezza, una voce lontana, che sembra quella di una donna che proprio ora non mi aspetterei di incontrare, si insinua in quel silenzio. Scendo più velocemente, mentre lei continua a cantare.

Mi fermo ad ascoltarla sulle scale e poi mi decido. Voglio sapere chi è. Entro nel foyer del primo piano e guardo verso l'angolo in cui c'è il pianoforte a coda. Non riesco a vedere il viso, per via del coperchio alzato. Allora faccio qualche timido passo in avanti, ma la musica si interrompe. Ci guardiamo.

«Ciao» dico. «Hai una voce bellissima.»

«Grazie, signore.»

«Quanti anni hai?»

«Otto.»

«Pensavo fosse una donna a cantare.»

«La mia voce non è formata, signore.»

«La canti benissimo.»

«Grazie, signore.»

«Sai cosa vuol dire *Everything Happens to Me*?» Non c'è un motivo che mi spinga a rivolgergli questa domanda, ma è evidente che la canzone è come un presagio per me. Ho subito pensato al significato in italiano.

«"Tutto accade a me."» E abbassa la testa. Come a volerlo confermare.

«Stavi studiando?»

«No, signore. Ma non lo dica a mio padre, la prego.»

«Non ti preoccupare... non so neppure chi sia tuo padre...»

Mi guarda da dietro i suoi occhialini tondi e dice: «Mio padre non ha i soldi per comprarmi un pianoforte e ha chiesto al presidente di farmi studiare qui».

«Be', questa mi sembra una buona cosa...»

«Sì, ma io stavo cantando una canzone, non stavo studiando...»

«Io non lo dirò a nessuno.»

Almeno il presidente ha un minimo di umanità. Forse l'ho giudicato male per via di quella insopportabile puzza di fumo che fa.

Anche oggi alle prove non funziona un cazzo. Come sempre i dipendenti non si fanno trovare. L'impianto audio "frigge". Il direttore di palcoscenico è in malattia. Ora la scusa è la campagna elettorale. L'atmosfera è simile a quella che si respira in qualsiasi ufficio, oppure a scuola, in prossimità del Natale. La differenza è che a Natale tutti sono contenti e buoni e non hanno voglia di fare un cazzo; invece quando c'è la campagna elettorale nessuno ha comunque voglia di fare un cazzo, ma tutti sono sospettosi, irritabili, guardinghi, diffidenti.

Pure gli attori sembrano nervosi. Evidentemente avvertono l'aria malsana. Ma io li stimolo a continuare a lavorare. Mi sento bene, forse perché ho ascoltato cantare quel bambino. Il talento mi mette di buon umore. E poi ormai so bene che quando gli attori cominciano a recitare scompare tutto. Rimango seduto in prima fila a guardarli. Siamo già al quarto atto, il penultimo. Ferdinando mi si avvicina e recita un monologo che, temo, avrà un effetto nefasto sul seguito della storia, ma la verità, in questo caso, è aleatoria, personale, umana. Quello che Ferdinando, o Amleto, mi sta dicendo è anche il mio punto di vista e quindi me lo godo tutto, fino a sentire il dolore che qualsiasi piacere finisce per darti:

*Essere veramente grandi*
*non significa*
*non muoversi senza una grande causa,*
*ma grandemente trovare*
*ragione di contesa in una inezia,*
*quando è in gioco l'onore.*

Che cos'è alla fine il teatro? Perché battersi e navigare in questa melma per mettere in scena uno spettacolo che vedranno cinque o diecimila persone, se tutto andrà bene? Forse, come dice Shakespeare, perché è in gioco l'onore? Magari sì. Soprattutto qui, dove questa parola è diventata una beffa, dove gli "uomini d'onore" hanno solo versato sangue e dove proprio l'onore è andato perso in questa accidia, nel non agire e subire sempre. Quello che mi ha detto il presidente il primo giorno, a proposito del teatro, o le cazzate di Enzo, la strafottenza dei dipendenti sono cose che rispondono a un disegno preciso, di cui nessuno è consapevole fino in fondo. Un progetto occulto, malefico. Abbandonare e disinteressarsi di una tradizione importante come questa, essenziale in tutta la storia della vita sociale, madre di tutte le arti della comunicazione e insita nella natura dell'uomo, non può che essere un progetto del demonio; o per chi, imprudentemente, non ci credesse, un suicidio dell'umanità stessa. È una cosa così assurda che chiunque si farebbe la più banale delle domande: "Chi potrebbe trarne vantaggio?". Ma in questo posto imprecisato questa domanda non se la fa nessuno.

# XX

## L'INGRATITUDINE

> Di tutti, quello fu il colpo più crudele. Perché quando il nobile Cesare vide colui che lo vibrò, l'ingratitudine, più che la forza delle armi dei traditori, lo vinse del tutto.
>
> William Shakespeare

Quale vantaggio avrebbe potuto trarre don Fabio dalla morte di quel bambino? In Sicilia vengono fatte molte cose, apparentemente, senza motivo. Sono, per lo più, prove di forza. Atti dimostrativi o puramente simbolici. Messaggi trasversali, favori non richiesti. Non sono così sicuro da poterlo affermare, ma si potrebbe addirittura pensare che si tratti di azioni, tutto sommato, prive di crudeltà e di discernimento. Passaggi obbligati. Uccidere qualcuno, non importa perché, è una prova di forza. Un annientamento. Come battere il pugno sul tavolo e fare poltiglia di una mosca. E si può uccidere in diversi modi; dalla soppressione fisica alla sparizione, dall'occultamento all'accerchiamento, fino alla cancellazione della memoria. Per farlo, c'è comunque bisogno che ci sia una congiura, non perché servano traditori, ma perché è necessaria una collaborazione di più persone se si deve sacrificarne una.

Padre Alessandro era stato nominato direttore su suggerimento di don Fabio. Per questo continuava a difenderlo. Era legato a lui da una profonda gratitudine. E io lo capivo; penso – già allora ne ero convinto – che la gratitudine sia un dovere, un sentimento nobile e forte che tiene legati gli uomini giusti. Tanto quanto l'ingratitudine è segno di insensibilità, di ignoranza e di viltà.

Me lo raccontò il commissario Zizza. Finalmente aveva iniziato ad aprirsi con me, perché stava male. La solitudine lo opprimeva. «La più drammatica conseguenza di una separazione è un frigo vuoto» mi disse. Così, mentre andavamo a mangiare porcherie in qualche bar, tutti e due con l'ansia di ingrassare, mi confidò che, secondo lui, il bambino era stato ammazzato nei bagni, di notte. Ma non aveva fatto in tempo a vedere il corpo. Anche a lui avevano detto che si era trattata di una disgrazia, che il bambino era precipitato dalla tromba delle scale. C'era solo un certificato medico. Addirittura, don Fabio gli aveva fatto capire che l'unico sospettabile poteva essere Rosario, sordomuto e ritardato. Forse era stato lui a spingerlo dalle scale, in uno dei suoi scatti di follia. Io conoscevo bene Rosario, perché la notte si alzava dal letto e andava a controllare tutte le finestre dell'istituto. Lo lasciavamo fare. Una volta, però, a cena, a un ragazzino che lo prendeva in giro gli piantò una forchetta in testa facendogli schizzare sangue come una fontana. Stavo servendo ai tavoli. Rimasi paralizzato, senza riuscire a staccare gli occhi da quel sangue così rosso. Gli assistenti, invece, non si scomposero più di tanto. Medicarono il ragazzino ferito e portarono a letto Rosario. Uno gli diede una scoppola sulla testa, ma sembrava una cosa tra amici. In nessun giallo che si rispetti l'assassino può essere il più sospettabile di tutti, quello che sembra avere il profilo perfetto. Troppo facile. Infatti l'assassino, per me, era don Fabio. Solo lui poteva entrare indisturbato nella camerata dei ragazzi e fare del povero Andrea ciò che voleva. Era freddo e sapeva tutto dei sordomuti. Un giochetto.

«Hai ragione» disse Zizza, «solo don Fabio poteva ammazzarlo indisturbato.»

*Cazzo, è ubriaco*, pensai. Ma non stavamo bevendo, eravamo in una pasticceria! Zizza mi diceva quelle cose perché non aveva nessuna speranza di risolvere il caso. Rideva, di tanto in tanto. E mi faceva capire quanto fosse fitta la tela di amicizie e di conoscenze e come fosse impossibile trovare anche solo un indizio di quanto accaduto. Era sparito tutto. Pure i genitori del bambino. Mi venne una rabbia... Pensavo a padre Alessandro, a come l'avrebbe giustificato. Avrei voluto sputarglielo in faccia che il suo grande teologo del cazzo era un mafioso come tutti gli altri e un assassino.

«Se lo dici a qualcuno ti ammazzo con le mie mani» mi disse Zizza.

«Ma che cazzo! Non mi ha appena detto che non gliene fotte niente? Che non si può fare niente?!»

«Scaramanzia! Stai zitto, sennò ti faccio pagare tutto quello che non ti ho fatto pagare quando eri a scuola... e ti sputtano perché porti i sordomuti a scopare.»

# XXI

## IL VIAGGIO D'URIEN

A quel tempo stavo leggendo un libro di André Gide, che aveva questo titolo. Non ricordo più nulla di quella storia, se non che rassomigliava al "viaggio" che stavo vivendo dentro l'istituto, che era un viaggio negli inferi della mia terra. E non immaginavo che questa cosa si sarebbe ripetuta, nel corso del tempo.

In teatro è successo qualcosa di strano. Non è solo per le elezioni, dev'esserci qualche conflitto interno che non sono riuscito a intercettare perché ero distratto dallo spettacolo. Il presidente non si vede da giorni, neanche Sergino. Lalla non viene mai ed Enzo è entrato in un mutismo luttuoso. Non c'entra niente con quello che gli ho detto io. Ho capito che di me non gli frega niente. Dev'essere una cosa molto più importante, almeno dal suo punto di vista. Comunque, che io sia distratto o meno, qui tutto accade sopra la mia testa. Nessuno mi dice niente, meno che mai i dipendenti, che pure sanno tutto, o in ogni caso questa è la mia impressione.

Eugenio è l'unico che sembra allegro, mi chiede addirittura se voglio un caffè. Incredibile. Non posso perdere l'occasione, indosso la giacca e scendo con lui al bar. Appena entriamo in ascensore mi fa: «Hai saputo?».

«No. Cosa avrei dovuto sapere?»

«Hanno mandato un commissario.»

«Un commissario? E che cazzo è successo?»

Eugenio vede lo sgomento nei miei occhi e ride: «Che hai capito? Un commissario *ad acta*».

Io balbetto: «Che sarebbe?».

«È un funzionario che la Regione nomina quando ci sono problemi gestionali, in sostituzione del Consiglio di amministrazione.»

«Ma il Consiglio di amministrazione c'è...»

L'ascensore è arrivato al piano terra. Le porte si aprono, Eugenio non esce. Poi sorride: «C'era. Ora non c'è più. Se c'è il commissario, non c'è più il Consiglio...». E si avvia verso il bar. Io gli vado dietro. Anche da questo si vede che qui dentro comandano loro, persino negli atteggiamenti, nella spavalderia con cui si muovono, come se non esistesse nient'altro, tutto il loro mondo è qui dentro, in un grande acquario di pesci predatori. Noi siamo i pesciolini che gli vengono dati in pasto.

«Ma quindi si sono dimessi?»

«No, ma è automatico. Se l'assessore regionale nomina un commissario, è come se li sollevasse dall'incarico...»

«Ma perché lo ha fatto? Le cose vanno bene, i pagamenti sono puntuali... Che problemi ci sono?»

Eugenio ordina due caffè. Anche il cameriere è molto più deferente con lui che con me. Certo, perché Eugenio è quello che scrive le gare d'appalto per le attività commerciali all'interno del teatro, come il bar, appunto.

«Non c'è nessun problema. Ci sono le elezioni.»

«Che cazzo c'entrano le elezioni con il nostro Consiglio di amministrazione?»

«Quei tre sono inaffidabili... politicamente, intendo. Sergino è bruciato. Lalla non conta un cazzo e il presidente sta sulle palle a tutti e fuma troppo. Non sono in grado di spostare voti.»

«E adesso che succede?»

«Niente. Invece di parlare con il presidente, parlerai con il commissario... anzi, se vuoi un consiglio, vai a parlargli di *Amleto*, sennò quello te lo blocca!»

«Eugenio, lo spettacolo è pronto, i soldi stanziati, debuttiamo tra due settimane... Come fa a bloccarlo?»

«A lui non gliene fotte niente che lo spettacolo è pronto. È stato mandato solo per portare a casa più voti possibili per l'assessore.»

«Ma che stai dicendo? È fantapolitica.»

Mi guarda infastidito. Io mi accorgo che sto mentendo. Fingo di essere ingenuo come padre Alessandro e invece so perfettamente che quello che mi sta dicendo Eugenio è la pura verità. Quindi conclude, scandendo le parole: «Se vai a dirgli che sei con loro, che ti esporrai, in quanto direttore del teatro, a favore di Luciano Torrisi, non succederà niente e continuerai a fare il tuo spettacolo e le altre cose... Facile, no?».

Detta così non mi ha neanche fatto girare i coglioni. Gli sembra una cosa normale e se non riguardasse me non mi stupirei neanche. Invece mi ha messo un tarlo in testa. Sono davanti a un bivio, e anche se la scelta non è tra la vita e la morte, è certamente tra essere e non essere.

Stranamente anche Enzo è preoccupato dall'arrivo del commissario. È venuto nella mia stanza, cosa che non fa mai, si è appoggiato con le spalle allo stipite della porta e, davanti a Eugenio, mi ha detto che dobbiamo stare attenti, che questo ci farà saltare tutto. Io vedo il lato positivo: penso che Enzo sia preoccupato per l'attività del teatro, come me. Eugenio, invece, ride sotto i baffi, perché sa che quelli che hanno raccomandato Enzo per la sovrintendenza, cioè gli amici de "lo zio", sono nemici di Luciano Torrisi. Quindi, anche se non può licenziarlo, il commissario lo metterà sotto pressione. Sta solo cercando un po' di benevolenza da parte di chi ignora tutte queste bassezze, cioè io. È veramente abbattuto, parla con un filo di voce, poi all'improvviso sobbalza e quasi si mette sull'attenti, perché ha appena visto il commissario uscire dall'ascensore scortato da due impiegati. Io non lo vedo dalla mia scrivania, né ho intenzione di alzarmi. Enzo lo saluta con un inchino goffo e patetico, poi lui si affaccia alla porta e fa un gran sorriso: «Bentrovato, maestro!».

In un primo momento vedo solo questa faccia rotonda che si sporge dallo stipite. Mi alzo e vado a salutarlo, ma quando riesco a metterlo a fuoco mi accorgo che il commissario e quel grottesco personaggio che era venuto a raccomandarmi il professor Spampinato – quello che mi era sembrato un mafiosetto locale – sono la stessa persona. Fortunatamente non avevo pensato neanche per un secondo di fare quanto mi aveva suggerito Eugenio, ma adesso che ho appurato che il commissario del cazzo è lui, non ho più il minimo dubbio.

«Come va *Amleto*?» mi fa. È sempre ben informato, lo avevo notato anche quella sera che c'era il professore.

«Molto bene, debuttiamo tra due settimane...» gli dico io.

«Bene, maestro, mi raccomando, facciamo cose che piacciano alla gente!» Pure lui con questa stronzata. E se ne va.

Enzo lo segue verso l'ufficio del presidente, in cui sta andando a insediarsi. Io penso alla puzza di fumo che ci dev'essere in quella stanza e poi chiedo a Eugenio che gliene pare.

«Devi fare quello che ti ho detto io. Non ti illudere. Lo so cosa stai pensando... Siccome è stato gentile, ti chiama "maestro" e ti ha chiesto dello spettacolo, pensi che è tutto a posto, vero?»

«Veramente mi ha chiesto: "Come va *Amleto*?". Magari è una persona colta, uno a cui piace il teatro... finalmente, direi!»

«Quello è Giovanni Gerbino, detto "il killer"... Ha sfanculato decine di consigli di amministrazione, di dirigenti e di politici, in questi ultimi anni. Denuncia tutti, fruga tra le carte come un roditore e fotte tutti quelli che vuole. Nell'ultimo ente in cui è stato ha battuto il record. Quelli avevano fatto centotrentanove delibere e lui ha fatto centotrentanove denunce alla Procura della Corte dei conti!»

«Eugenio, io non mi prostituisco. Non voto neanche qui, non sono residente. Che cazzo gliene frega di me?»

«Tu sei il direttore del teatro che loro finanziano, sei esposto mediaticamente, magari qualche coglione ti crede perché sai fare l'attore...» Mi guarda negli occhi. «Fai quello che ti ho detto io. E fallo subito, sennò spettacoli non ne fai!»

# XXII

## IL SOSPETTO

Padre Alessandro doveva essere sicuramente di cattivo umore. Quasi come me, che mi ero alzato alle quattro come sempre. La mia unica consolazione era andare a fare la spesa insieme. Lo stavo aspettando in macchina. Lui non tardava mai e se tardava voleva dire che era successo qualcosa, e quindi era di cattivo umore. Oppure era tutta una scusa perché non voleva parlare con me. Magari don Fabio gli aveva insinuato qualche dubbio, inventandosi qualcosa su di me, così, giusto per screditarmi ai suoi occhi. Ma no. Mi stavo sopravvalutando. Don Fabio non aveva nessun interesse a portarmi dalla sua parte. Io, per uno come lui, non esistevo. Aveva provato a minacciarmi o forse mi aveva semplicemente detto la verità. Comunque era un tentativo, una cosa di poco conto. Se fosse riuscito a convincermi subito, gli sarei servito. Sennò poco male.

«Hai incontrato di nuovo quel funzionario di polizia?» disse padre Alessandro salendo in macchina. E senza darmi il tempo di rispondere aggiunse: «Gli devo parlare».

Trovai tutto il coraggio che non credevo di avere e gli raccontai quello che mi aveva detto don Fabio a proposito di Maria, sperando che si indignasse o che, quantomeno, si sentisse tradito.

«Io la amo con tutto il mio cuore» mi rispose. Senza scomporsi. Serenamente.

Rimasi in silenzio per qualche istante. Non sapevo proprio che cosa dire. «E le altre?» azzardai poi.

«Noi amiamo ogni persona con tutto il cuore. Perché il cuore è come una dinamo, si ricarica continuamente. E risponde a ogni amore...» Esitò un momento e poi aggiunse: «Come un'obbligazione solidale».

«Ma di che stiamo parlando, padre?»

«Sai cos'è un'obbligazione solidale?»

«No.»

«Se più persone hanno un debito con qualcuno, ognuno di loro ha l'obbligo di eseguire la prestazione interamente!»

«Cos'è, un paradosso?»

«No, è logica giuridica. Ma mi sembrava una bella metafora.»

Si illuminava quando parlava di lei, diventava improvvisamente allegro. Però continuava a essere vago e io non potevo capire più di quanto lui non mi riferisse, contraddicendosi continuamente, o confondendomi con le sue metafore. Non riuscivo neanche a spiarli, perché di solito si chiudevano in direzione, oppure uscivano a fare la "passeggiatina". Non avrei mai saputo che genere di rapporto avessero, e forse non mi interessava neanche. Ero molto più preoccupato per la richiesta che mi aveva fatto. Ovviamente non volle dirmi perché volesse incontrare il commissario, ma intanto continuava a difendere don Fabio. Stavo per sbottare, però non riuscivo a mancargli di rispetto, anche se la sua testardaggine mi dava sui nervi.

Al ritorno trovammo Giulio ad aspettarlo. Si chiusero nel suo ufficio e parlarono piano. Giulio era l'unica persona che poteva sapere come era morto quel bambino. E forse anche chi lo aveva ucciso. Giulio era l'assistente più amato. Alcuni dei piccoli parlavano solo con lui e solo lui li capiva. Uno dei bambini poteva aver visto qualcosa. Magari dormivano tutti, ma se qualcuno fosse stato sveglio, l'avrebbe detto a Giulio.

Provai a chiederglielo, poco dopo, mentre i ragazzi stavano pranzando. Come sempre i bambini erano con lui. Educati, disciplinati e adoranti. Li teneva in pugno con la dolcezza. Non riuscivo a capire come fosse possibile, cioè come potesse essere così stronzo in tutte le altre manifestazioni della sua vita. Infatti, prima ancora che iniziassi a dirgli qualcosa mi stava già insultando: «Tu sei un coglione... Che cazzo fai il detective? Pensa a fare lo *stronzobbiettore* e occupati dei ragazzi».

«Faccio il portiere» gli risposi.

Vedevo che mi disprezzava, ma non avevo idea del perché. Questo mi diede coraggio, non avevo niente da perdere. «Tu lo sai che è stato quella merda di don Fabio. O magari ha mandato qualcuno per incastrare padre Alessandro e farlo rimandare a casa. Ci sono troppi interessi che ruotano attorno a questo posto e non si può lasciare che se ne occupi un giovane intraprendente che vorrebbe lavorare per i ragazzi e far crescere l'istituto, e che per giunta è friulano. Tu sai chi è stato. Tu sei l'unico che può saperlo veramente.»

«Io non so un cazzo, non l'ho manco visto Andrea... mi sono accorto che mancava e basta.»

«I bambini lo sanno, l'hanno capito e i bambini vogliono bene solo a te...»

«Vedi che non capisci un cazzo? I bambini non sanno niente. Niente di niente. Loro sanno solo quello che vedono... non capiscono questi intrighi di merda...»

«Allora lo sai che è un intrigo di merda!»

Lui rimase per qualche istante a pensare e poi mi guardò negli occhi. Aveva due occhi neri, bellissimi e dolci, nascosti da un brutto paio di occhiali. «Don Fabio non c'entra niente. Non ti devi permettere di parlare così. Lui è il padre di tutti questi bambini e loro gli hanno sempre voluto bene, anche dopo che uno *stronzobbiettore* come te lo ha messo nei guai.»

Conoscevo perfettamente quella storia. La conoscevano tutti. Un giovane obiettore di coscienza che stava al mio posto in portineria, circa un anno prima, aveva preso una telefonata molto imbarazzante e lo aveva riferito a un amico che aveva il padre magistrato. Non era successo niente, come al solito. Il magistrato aveva avvertito don Fabio in privato e lo aveva coperto. Qualche giorno dopo, don Fabio aveva assegnato l'appalto per la ristrutturazione dell'istituto proprio alla ditta di quella persona che, imprudentemente, lo aveva chiamato al telefono. Ordinaria amministrazione. Poi però era arrivato il trasferimento. All'improvviso. In Curia lo conoscevano bene, e per quanto gli convenisse proteggerlo, forse si erano accorti che stava rischiando troppo. Ciononostante, don Fabio era riuscito a pilotare la sua sostituzione, offrendo al suo giovane allievo una grande occasione, pensando di poterlo usare perché in fondo era una persona semplice e pura, una vittima sacrificale. Non ci voleva affatto un detective per capirlo, era troppo facile.

«Don Fabio è un mafioso. Lo sanno tutti.»

«Io me ne frego» rispose Giulio.

«Allora te ne freghi anche di Andrea?»

«Andrea è morto.» Si alzò di scatto e andò via con i bambini, come se niente fosse.

# XXIII

## DANNO ERARIALE

«Che cosa fa la mafia? Agisce ignorando l'esistenza della legge, nulla di più. *Fac et excusa*, ricordi Kant? Ti faccio un esempio... C'è un appalto importante e tu hai una piccola ditta che non risponde ai requisiti richiesti. Partecipi lo stesso. Magari spari al tuo concorrente e poi vinci l'appalto. Fanno così, giusto? Adesso quest'assessore ha nominato quel pallone gonfiato di commissario, ma non lo poteva fare, perché è incompatibile, e per varie altre cose che mi hanno detto e manco le ho capite... e in più era già uno dei revisori dei conti... Non può fare prima il controllore e poi il controllato, né viceversa... giusto? Ma all'assessore della legge non gliene fotte un cazzo e lo nomina lo stesso, per giunta per una missione politica... per raccattare voti. Non è mafia questa? È un voto di scambio, per di più pagato con i soldi dello Stato! È così? O sono pazzo?»

Sento che Fabrizio fa una lunga pausa. Siamo al telefono, ma non penso che sia caduta la linea, penso che l'ho fatto incazzare. So che non mi vuole rispondere male, non è nel suo stile. Non dico niente e aspetto, gli lascio il tempo di riflettere e di parlare.

«Non ti puoi comportare come un ragazzino. Pare che sei ancora a scuola. Fai teoria sul fenomeno mafioso perché hai paura che un coglione ti faccia saltare lo spettacolo. Perché a te interessa solo di quello, e lo sai... Non c'è nessuna mafia in quegli atteggiamenti del cazzo. È il sistema che funziona così. Sono furbi, spregiudicati e sanno come coprirsi le spalle, ma non sono mafiosi e tu non devi dire che sono mafiosi, sennò succede un casino. Lo capisci o no? Ti butteranno fuori e uscirai con le ossa rotte.»

«Io ho un contratto...»

«Ti accerchiano, coglione... ti stritolano, com'è che ancora non l'hai capito?»

«Ma io non ho fatto niente di male! Pure tu stai dicendo che ce l'hanno tutti con me, come quello stronzo di Manganaro? Non mi pare che tu sia quel tipo di giornalista...»

«Direi di no... *io* sono un giornalista, *lui* è un collaboratore. Infatti non credo proprio che qualcuno ce l'abbia con te. Sei tu che ti dai troppa importanza. Cos'è, una questione morale? Va bene. Hai ragione. Non vuoi vendere il tuo voto?»

«Io non voto qua, cazzo! E tu lo sai.»

«Cazzate. Hai capito cosa intendo... Vai a dirgli che voti per loro, coglione. Mica ti vengono a controllare... Poi fai quello che ti pare con il teatro, visto che ci tieni tanto... In ogni caso loro se ne fottono. Ti lasceranno campo libero.»

«Vogliono che mi esponga. Che dichiari pubblicamente che voto per Luciano Torrisi. Capito perché ti dico che sono mafiosi? Questo è un accerchiamento, proprio come hai detto tu... un accerchiamento mafioso.»

Ha riattaccato. Non capisco perché se la prenda così tanto. Quello incazzato dovrei essere io.

Intanto qui sono tutti in fermento. Mi piacerebbe molto che questo entusiasmo fosse dovuto al debutto di *Amleto*. Invece molti di loro non sanno neanche che stiamo provando uno spettacolo. In palcoscenico non scendono mai. Sono tutti negli uffici, ricevono persone, parlano sottovoce, ridono e poi qualcuno entra nella stanza del commissario. Alcuni impiegati sono così entusiasti e devoti nei suoi confronti che gli hanno fatto preparare una targhetta in finto ottone, con il suo nome e la scritta: COMMISSARIO. Una cosa assurda per un incarico che dura sì e no tre mesi. Non contento, lui ha fatto montare una specie di piccolo semaforo, con una luce rossa e una verde, come quelle che ci sono negli studi di registrazione, per non essere disturbato quando sta parlando con qualcuno. Per tutta la giornata non fa che ricevere gente; secondo me le carte del teatro non le ha neanche aperte. Se fossi come uno di quei fantastici personaggi delle serie americane, tipo agente dell'FBI o della CIA, aspetterei la sua prima mossa. Ma per fare una cosa del genere ci vuole una certa forza spirituale: dovrei continuare le prove come se niente fosse successo, ignorando le stronzate di Eugenio, le paure di Enzo e gli ammiccamenti di Gerbino. Dovrei immergermi nella natura primigenia del fare teatro, agire senza pensare, e basta. Invece sono assolutamente sicuro che se oggi andrò alle prove senza aver prima parlato con questo cazzo di commissario non riuscirò a concentrarmi. Ogni scena, ogni attimo di magia che riuscirò a vivere in palcoscenico saranno vanificati da questo pensiero negativo, dalla paura che lo spettacolo non potrà andare in scena.

La luce è verde. Busso alla porta. Mi apre un impiegato

che gli fa da segretario: Ruggero Sibilia. Fino a pochi giorni fa stava al botteghino, ora è stato promosso, improvvisamente, segretario personale del commissario.

«Prego?» mi fa.

Io lo guardo come un deficiente. Ovviamente conosco anche lui. Faceva il commesso nella merceria di famiglia da quando aveva sedici anni e poi, come molti altri, si era "sistemato" al Comune, che lo aveva destinato al teatro.

«Che fai, non mi riconosci? Sono il direttore artistico.»

Il suo naso è così pronunciato da essere più espressivo dei suoi piccoli occhi storti con cui mi guarda e ripete: «Prego?».

«Posso parlare con il commissario?»

«Un momento.» E mi sbatte la porta in faccia. Rimango lì impalato, ma poco dopo riappare: «Si può accomodare».

Sorvolo anche sul fatto che mi stia improvvisamente dando del lei ed entro. Il commissario è seduto dietro la scrivania del presidente. Per fortuna non è un fumatore. Sta leggendo le carte con una tale avidità che sembra le voglia mangiare. In effetti guardando quanto è grasso non mi stupirei.

«Maestro, si accomodi.»

Io mi siedo e comincio a guardarmi intorno, mentre lui continua a leggere. Penso che almeno sta lavorando. Forse non è vero che è venuto solo per raccattare voti. Magari sta lavorando sul serio. Poi io che cazzo ne so dell'amministrazione del teatro? E se il presidente avesse fatto qualche cazzata? Del resto era un tipo strano, un traffichino anche lui.

Gerbino chiude il fascicolo che stava leggendo e lo mette di lato. Mi accorgo che su quel fascicolo c'è scritto AMLETO e provo a pensare perché… Ma non c'è tempo, perché lui me lo spiega subito: «Ci sono delle irregolarità nella produzione di *Amleto*, maestro».

«Irregolarità?»

«Irregolarità amministrative che potrebbero causare un danno erariale.»

«Mi scusi, io non sono un amministratore pubblico. Riesco a malapena a intuire cosa si possa intendere per danno erariale ma, francamente, non vedo come possa essere possibile e, soprattutto, non capisco perché lo stia dicendo a me. Io faccio l'attore e il regista. Mi pare che lei lo sappia.»

«Adesso è direttore di un ente pubblico, ha un incarico istituzionale.»

«Può darsi. Ma è solo quello che appare all'esterno. Io qui non conto niente. Mi limito a fare il mio lavoro, anche se tutti vorrebbero impedirmi di farlo.»

«Lei è un privilegiato, maestro. Sa quanti artisti vorrebbero avere un incarico in un teatro come questo?»

«Guardi, io non ne ho bisogno. Sono qui solo perché mi hanno chiamato. Credevo di poter fare un buon lavoro, di rinnovamento. Volevo incrementare la produzione, far circuitare i nostri spettacoli e soprattutto dare lavoro sul territorio, alimentare l'indotto. Fare teatro, ecco. Non mi interessa altro. Se sono di troppo, me ne vado.» Mi mordo la lingua e penso che ho detto una cazzata. Gli ho servito un'occasione d'oro: se ora mi dice che effettivamente è così, che sono di troppo, posso solo girare i tacchi e andarmene, lasciando il lavoro in sospeso, gli attori disoccupati e mandando a puttane tutto il progetto che ho già annunciato e pubblicizzato.

«Non è vero che non ne ha bisogno. Questo è un incarico di prestigio che le fa curriculum, le restituisce un grande ritorno di immagine e la iscrive a pieno titolo nella classe dirigente di questa città.»

«Non vivo più qui da tanto tempo, commissario. Non mi interessa far parte della classe dirigente di cui parla lei.»

«Capisco. Ma quando le capiterà di avere l'occasione di mettere in scena uno spettacolo come *Amleto*? Shakespeare richiede l'impiego di molti attori. Non si può fare certo in un teatrino qualunque. Serve una produzione importante, spazi, tempo, e soprattutto denaro.» Certo che per essere un funzionario della Regione sa un sacco di cose che non mi aspettavo sapesse.

«Sì, questo è vero. Ma continuo a non capire cosa c'entri il mio spettacolo con le irregolarità di cui parla.»

«Vede, lei è il direttore del teatro e sta facendo una regia. Questo è un conflitto di interessi.»

«Non vedo come. Non percepisco neppure un compenso ulteriore, lo faccio come direttore artistico... Non c'è nessun conflitto di interessi... è più di quello che devo fare, semmai.»

«Sì, però lei ha deciso di fare la regia. Perché non l'ha fatta fare a un altro?»

«Ho già risposto. È il mio compito, il mio progetto.»

«Sì, però è un conflitto di interessi.»

Prima penso che sia colpa mia, che non sto capendo cosa voglia dirmi, ma poi mi rendo conto che la sua è una tecnica. Mi accusa di una cosa che non esiste per mettermi in difficoltà e senza nessuna giustificazione. Continua a dire che c'è un conflitto di interessi, che si potrebbe verificare un danno erariale, senza spiegare perché. Ma potrebbe citare qualsiasi altra legge o istituto giuridico, perché tanto io non so di cosa stia parlando, e anche se lo capissi non cambierebbe metodo.

Non importa quello che dice, l'importante è non dare spiegazioni: decide lui cosa sia giusto o sbagliato. E basta. Ha alzato un muro che impedisce qualsiasi tipo di conversazione.

A un certo punto mi viene un'idea, ma proprio in quel momento lui riprende il fascicolo e dice: «Va bene, io lo mando alla Corte dei conti, senza ipotesi di reato. Vedranno loro. Magari ha ragione lei e non succede niente».

«Perché, cosa dovrebbe succedere?» Ecco che sono caduto come un fesso in fondo alla rete. Gli ho dato una possibilità in più e, soprattutto, ho messo a nudo la mia paura. È chiaro che io non posso aver fatto nulla di irregolare e lui lo sa benissimo, ma è altrettanto chiaro che se io dimostro di avere paura sto, implicitamente, considerando la possibilità di aver fatto qualcosa di sbagliato.

Lui butta il fascicolo sulla scrivania e si alza goffamente per stringermi la mano. «Ma cosa vuole che succeda, maestro? Vada a provare tranquillamente. Non pensi a queste cose, si concentri sullo spettacolo.»

Adesso sono ancora più in ansia di prima. Non solo non ho concluso un cazzo andandoci a parlare, ma mi sono messo addosso un peso per me insostenibile: la Corte dei conti. Solo a dirlo fa paura! Una persona normale non è abituata a sentire queste cose. Io non sono mai entrato in un tribunale e non ho nessuna voglia di entrarci da imputato. Già mi vedo barbone a recitare i classici agli angoli delle strade per racimolare qualche spicciolo.

Sto sprofondando. Allora faccio la cosa più cretina che possa venirmi in mente. Riferisco tutto a Eugenio.

«Pare che abbia ipotizzato un danno erariale di duecentomila euro» dice lui.

«Quindi tu lo sapevi già?»

Eugenio non risponde. Io mi domando sempre come fanno a sapere tutto.

«Spiegami almeno che significa che c'è danno erariale e, soprattutto, che cosa c'entro io?»

«Il danno erariale è quando l'attività dell'ente danneggia l'erario, cioè spende male i soldi dello Stato o della Regione; in questo caso...»

«Io non ho firmato niente. Ho presentato il progetto e loro hanno fatto le delibere... I contratti li hai stilati tu... Io faccio...»

«... teatro, certo. Tu fai teatro, questo lo abbiamo capito. Però sei il direttore artistico e quindi rispondi in solido con il Consiglio di amministrazione, se c'è un danno erariale. In poche parole, se decidono che il danno c'è, gli dovete restituire i soldi...»

Non so cosa rispondere. Mi devo calmare e, soprattutto, devo smetterla di parlare con questo coglione che non capisce niente e che si diverte a farmi incazzare e a mettermi in ansia. Da quando è arrivato il commissario, è molto eccitato dal terrore che quella specie di feudatario sta seminando. Tanto lui è tranquillo, ha un contratto a tempo indeterminato, fa poco e solo le cose che gli interessa fare; oltre ai piccoli appalti, segue anche la pubblicità e i rapporti con la stampa. A modo suo gestisce potere anche lui. Poi quando succede qualcosa di perverso, come tutto quello che succede durante una campagna elettorale, lui gode, perché è l'unica ventata di novità che può arrivare in quel mondo senza ambizioni in cui si è trasformato questo posto.

Tutto ciò di cui sono consapevole non può farmi uscire dal tunnel in cui mi sono infilato. Sto provando con la morte nel cuore. Mi distraggo spesso e gli attori vanno avanti da soli, finché non si accorgono che qualcosa non va. Non posso dire niente. Cerco di salvaguardare la loro concentrazione, al contrario di come fanno quegli altri con me. Il fatto è che mi toccherà salvaguardare anche il loro lavoro e le loro paghe. Adesso, per fare questo, non basterà portare a termine lo spettacolo, ma sarà necessario che io lo faccia in silenzio e senza lasciare neppure intravedere questa spada di Damocle che mi pende sulla testa. Loro devono provare e andare in scena senza sapere niente, io devo montare tutto lo spettacolo sapendo invece che quello mi vuole denunciare e rovinare economicamente per tutta la vita. Tanto non c'entro niente, mi dico, non mi può succedere niente. Peccato che la sensazione che provo sia molto diversa da quell'ascetico distacco a cui vorrei giungere; mi sento un condannato a morte, per giunta innocente.

Ma non è tutto. Il commissario è sceso alle prove. Si è seduto in sala, qualche fila dietro di me. Io rimango fermo sulla mia sedia, anche se sento la sua presenza addosso. Non mi voglio girare. Continuo a guardare gli attori che recitano ma non posso fare a meno di soffrire il suo giudizio. È un funzionario del cazzo e io lo temo. Non si dovrebbe neanche permettere di parlare di teatro con me. Ma non è vero, perché qualsiasi spettatore ha diritto al giudizio. Quindi anche lui. Peccato che lui può decidere di mandare a puttane tutto.

È rimasto fino alla fine. A un certo punto non ci ho pensato più e ho continuato a lavorare come se non ci fosse. Invece adesso non gli posso più sfuggire. Gli attori se ne sono andati quasi tutti e lui è ancora là seduto, con quella gran panza in bella vista. Devo andare a salutarlo.

«Bel lavoro, mi piace... molto moderno... si ascolta con

piacere. Lo ha reso agile come in effetti è… una storia di vendetta, no?»

Continua a stupirmi, e a maggior ragione continuo a fidarmi sempre meno.

«Grazie. Sono contento che le sia piaciuto. Non è ancora finito…»

«Va un po' rodato, questo sì… ma avete il tempo. Il debutto è tra dieci giorni. È vero che non è finito, ma lo spettacolo è pronto, gli attori sono pronti… si tratta di montare qualche scena…» Parla come uno che ha fatto sempre teatro nella vita. Ma più di questo mi sorprende che abbia parlato del debutto. Vuol dire che è tutto a posto, che non vuole bloccare lo spettacolo. Certo, c'è quella storia della Corte dei conti, ma non ci voglio pensare, anzi voglio credere che non possono farmi niente, anche perché io non ho fatto niente, ho solo firmato il mio contratto, ho scelto attori giovani, con paghe oneste. Non mi possono accusare di niente. Sì, è così, posso stare tranquillo. Mi sento meglio. O forse no.

«Una sola cosa…» fa lui, mentre cerca di alzarsi dalla sedia, disincastrando il suo enorme culone dai braccioli.

«Che cosa?» rispondo.

«Non vada in giro a parlare di mafia con la stessa leggerezza con cui sta mettendo in scena questo bello spettacolo. La mafia non è una storia di Shakespeare… è una parola pesante, soprattutto sulla bocca di un rappresentante delle istituzioni.»

«Guardi, non so chi glielo ha riferito, ma io non ho fatto nessuna dichiarazione pubblica.» Che codardo che sono!

«Ci mancherebbe… Sto dicendo che lei parla spesso di mafia… negli uffici, al telefono…»

Quel bastardo di Eugenio deve avergli riferito la mia telefonata con Fabrizio.

«Sono colpito dalla sua competenza teatrale, commissario, e ho apprezzato anche la parola "leggerezza" a proposito dello spettacolo... Immagino si riferisse a Calvino...» Lui cala la testa. «Ecco, appunto. Ma non capisco questa raccomandazione. Mi suona strana e non mi sembra che rientri tra i suoi compiti suggerire al direttore cosa debba o non debba dire...»

«Come diceva Sciascia, la mafia non è soltanto un'organizzazione criminale, ma anche e soprattutto una borghesia parassitaria che non imprende ma sfrutta. Lei chiama mafiosi quelli che sono veramente mafiosi. Non è che si offendono... si incazzano! La classe dirigente, i dipendenti, i raccomandati, le persone influenti, come dice lei... sono tutti mafiosi. Per me, per essere mafiosi basta farsi raccomandare per saltare la fila al Comune quando devi ritirare un documento o quando devi richiedere un sussidio o un contributo... lo fanno tutti qui, giusto? Forse, quando era ragazzo, lo ha fatto anche lei... un amico di papà o uno zio... Ecco, quello per me è già un modo di aderire all'antistato e quindi alla mafia. Non so se mi sono spiegato?»

«E lei da che parte sta?»

«Io rappresento lo Stato. Ho sempre lavorato per lo Stato. Non giudico chi mi comanda. Semplicemente, obbedisco.»

«Ma ha appena detto che quelli che comandano sono mafiosi... cioè quello che dico io.»

«Faccio il mio lavoro. Non giudico.»

«Quindi non è una sua scelta quella di mandare le carte alla Corte dei conti. Qualcuno le ha detto di farlo?»

«Le ho già spiegato che io faccio il mio lavoro. Mi è stato

assegnato un compito e lo porterò a termine. Come, lo decido io.»

«Qual è questo compito?»

«Risanare il teatro.»

«Be', visto che a lei riferiscono tutto quello che dico io, posso dirle che mi è stato riferito che il suo compito, invece, è quello di portare più voti possibili all'onorevole Torrisi?»

«Ci sono sempre elezioni in questo paese... è solo una ruota che gira... a vuoto.»

Il tempo che impiego a interpretare questa frase sibillina e lui se n'è già andato. C'è qualcosa che mi conforta. Probabilmente la sua intelligenza, che non mi aspettavo. Ma è ambiguo, come un personaggio shakespeariano. Sembra più un ufficiale cambogiano che un funzionario della Regione. Con questa rettitudine amorale, scevra dal giudizio. È evidente che recita una parte, ma io non riesco a intuire le sue mosse e, proprio come uno spettatore, mi lascio sorprendere da ogni sua azione. È lui che comanda. Mi può portare dove vuole e io non posso saperlo prima.

# XXIV

## SILVANO FERRACANE

Ai tempi del mio servizio civile, una persona molto influente era proprio il marito di Maria. Aveva almeno vent'anni più di lei. Era stato a capo della corrente di sinistra della Democrazia cristiana, negli anni d'oro del partito. Onorevole regionale e più volte assessore. Ma, soprattutto, governava un impero di voti sparso per tutta la provincia, ampiamente consolidato dai posti pubblici che aveva regalato alla maggior parte dei suoi elettori. Probabilmente era l'uomo più potente della città. Un ometto piccolo e molto miope. A prima vista poteva sembrare innocuo, quasi sofferente. Invece era brillante, parlava bene, anche se la sua retorica lo rendeva disgustoso. Ed era veramente cattivo. Mortificava le persone. Dai suoi sottoposti a quelli che si mettevano contro di lui. Naturalmente, il suo impero era talmente vasto che non gli era possibile non dialogare con le grandi organizzazioni mafiose e criminali del territorio. Conoscendolo ogni giorno di più, Maria aveva finito per odiarlo. Io mi chiedevo come avesse fatto a sposarlo. Lei così bella e lui che, quando le stava accanto, appariva ancora più ridicolo. Ma adesso Maria cominciava ad avere paura.

«Si trasforma in faccia quando parla di lui» disse padre Alessandro. Che aveva pensato di rivolgersi a don Fabio, convinto di trovare aiuto. Credeva di poter condividere con lui la pena e l'apprensione per quella donna, succube del marito. Ma, ovviamente, don Fabio se ne fregava di lei. Anzi, se avesse dovuto difendere qualcuno, avrebbe difeso il vecchio Ferracane. Così, la loro conversazione non aveva sortito alcun effetto. Al contrario, don Fabio gli aveva chiesto, senza mezzi termini, di interrompere il progetto che stava portando avanti proprio con l'aiuto di Maria. Sagacemente, non aveva fatto menzione dei suoi sospetti, ma, pur minimizzando, gli aveva riferito che tutti i professori erano contrari, che non erano ancora pronti, e così anche le famiglie dei ragazzi. Non era il caso di sprecare energie per qualcosa che al momento sembrava irrealizzabile, anche perché, di lì a poco, sarebbero cominciati i lavori di ristrutturazione dell'istituto, quei lavori che erano l'unica cosa che interessava veramente a don Fabio, perché non poteva tradire la ditta appaltatrice che chiudeva il cerchio dei suoi interessi, sempre losco e contiguo alla criminalità. I ragazzi sarebbero rimasti a casa per mesi e, al loro ritorno, i preti e gli insegnanti avrebbero ricominciato tutto daccapo, altro che innovazioni e cambiamenti. Inoltre, i fondi regionali che padre Alessandro aveva chiesto per il suo progetto si erano misteriosamente bloccati. In verità, l'incartamento era fermo sul tavolo di Gentili, un funzionario della Regione molto potente. Senza nessuna spiegazione, naturalmente. Ma la cosa che aveva quantomeno sorpreso padre Alessandro era stata la risposta di don Fabio a proposito del bambino morto e, soprattutto, della visita di Zizza: «Lo so, c'è un'indagine in corso. Non è niente di grave. Non era lei che voleva denunciare l'accaduto? Abbiamo aspettato un po' e, come vede, tutto procede senza rumore».

Mi venne da ridere. «Ma veramente glielo ha chiesto lei?»

«Sì. Gli ho chiesto di aiutarmi. Ero spaventato.» Non aggiunse altro.

Per quanto fosse intelligente, non aveva capito un cazzo. Neanche quella evidente furbizia con cui don Fabio continuava a ingannarlo.

*Ora glielo spiego io*, pensai, *una volta per tutte*: «È un bugiardo e la farà a pezzi. È meglio che se ne vada, prima che finisca male...».

«Ma che dici? Don Fabio conosce perfettamente questo progetto e sa quanto sia importante per il futuro dei ragazzi sordomuti, non solo per quanto riguarda il nostro istituto. Sono cose che ho imparato anche grazie a lui. Aspetteremo la fine di questi benedetti lavori e poi ricominceremo. La pratica si sbloccherà.»

«Mi prende in giro, padre?» Fu l'unica volta che mi sembrò proprio un polentone. Lo guardai negli occhi. «Lei non conta niente. La spaventeranno, poi le chiederanno di andarsene, e se non se ne andrà l'annienteranno.»

«Io sto solo facendo quello per cui sono stato chiamato qui. È stato don Fabio a offrirmi questa opportunità. È lui che ha fatto il mio nome per quest'incarico. Nessuno vuole annientarmi. Non ho fatto niente di male.» Fece una pausa e poi aggiunse, un po' piccato: «E grazie per avermi detto che non conto niente».

Cercai di giustificarmi: «Intendevo che non conta niente

per loro. Non volevo offenderla. E comunque la storia di Maria non è una cosa da poco».

«La storia di Maria?» ripeté, sinceramente stupito.

«Me lo ha detto lei. Ha detto che la ama con tutto il suo cuore. Oppure ho capito male?»

«Tu non sai cosa sia l'amore.»

Ma che cazzo voleva dire? Voleva resettare tutto? Rimangiarsi quello che mi aveva detto? Cominciava a rompermi i coglioni anche lui.

Intanto era già sceso dalla macchina per scegliere il pesce. Era socievole e affettuoso con tutti, come sempre. Io, invece, ero agitatissimo. Avrei voluto parlare ancora. Per la prima volta pensai che fosse d'accordo con don Fabio e che fosse tutta una trama kafkiana per distruggere me. Rientrò in macchina con un rinnovato buon umore e, vedendo l'angoscia stampata sul mio volto, mi guardò teneramente, dischiuse quel cazzo di dolcissimo sorriso che aveva e disse: «Don Fabio mi ha fatto conoscere la fede».

«No, la prego, padre, non cerchi di convincermi in questo modo... Non sono più un bambino. La fede, la chiamata... erano cose che ci raccontavano dai salesiani per convincerci ad andare a messa e a non fare casino in chiesa. Mi dica qualcosa di concreto.»

«La fede è una cosa concreta. Avere fede non significa credere ciecamente. La fede è conoscenza. La consapevolezza di far parte del disegno di Dio, di soggiacere alla necessità. La fede è certezza, è libertà, distacco.»

Io lo guardavo e lo invidiavo da morire. Era così sereno e così libero. Libero come io non ero stato mai. Io, che credevo di essere un obiettore, un rivoluzionario, ero soltanto un coglione invischiato in un guaio dal quale non sarei mai uscito.

Proprio mentre mi maceravo dentro, lui aggiunse: «Come posso non essergli grato? Come potrei dubitare di lui, se gli devo tutto? Gli devo amore e rispetto. E basta». Aveva la faccia liscia, sembrava imberbe, come certi giovani soldati in trincea che dicono quelle belle parole nei film un attimo prima che un proiettile gli faccia saltare un pezzo di cervello. «Devi stare tranquillo. Presto sarà tutto finito. È stata una terribile disgrazia. È tanto che stai qui con noi e non ti sei accorto di quanto siano fragili questi ragazzi? Sono indifesi e soli. Non sai quanti bambini muoiono così, per un'inezia. E quanti ne ho visti morire, sotto i miei occhi.»

«Perché mi ha detto che voleva parlare con Zizza, allora? Che cosa ha intenzione di dirgli?»

«Zizza sarebbe il tuo commissario?»

«Il *mio* commissario?»

«Sì. Lo conosci dai tempi della scuola, no? Gli sei affezionato.»

«E lei come lo sa?»

«Tu mi piaci. Sei un ragazzo sensibile. È facile leggere i sentimenti delle persone come te.»

In quel momento non me ne fregava un cazzo dei suoi complimenti. Altro che sensibile, io ero soltanto spaventato. E adesso avevo paura anche di lui.

«Tu conosci Rosario? Giulio mi ha detto che potrebbe essere stato lui. È molto instabile. Chissà...»

«Per me Giulio è più instabile di Rosario e vuole solo coprire don Fabio. Non dica niente a Zizza, mi ascolti. Lo farebbe incazzare.»

Le cose erano due. O io stavo impazzendo e mi ero inventato tutto, o qualcuno stava coprendo don Fabio. L'indagine di Zizza significava che non ero l'unico ad avere sospetti su quello che don Fabio aveva definito un “incidente”. E poi sapevo bene che Giulio avrebbe fatto qualsiasi cosa per don Fabio, e così padre Alessandro, anche se ero altrettanto certo che non avrebbe mai ceduto a un ricatto, tantomeno avrebbe coperto qualcosa di grave. Conclusi che Giulio era un pezzo di merda e che padre Alessandro era cieco. O meglio, era uno del Nord. Non riusciva a capire niente di quello che succedeva in Sicilia. Era completamente privo di quella cultura del sospetto che abbiamo noi. Ed era anche un po’ sordomuto, perché la sua fiducia negli altri era esagerata. Aveva creduto pure alla cazzata di Rosario. Adesso speravo soltanto che non ne parlasse con Zizza, per non finire anche lui tra i sospettati.

# XXV

## LA PRIMA

Oggi abbiamo dovuto interrompere le prove in teatro perché stasera debutta il primo spettacolo della stagione. Ci siamo trasferiti in una sala ricavata nella vecchia soffitta. Quella che voleva utilizzare Ferdinando quando l'ho conosciuto. È un posto abbandonato, polveroso. Non viene utilizzato perché il teatro non produce spettacoli da anni. Però è una bella sala, ampia e con un'atmosfera che sa di antico, nel senso più nobile del termine. Bisognerà darle una pulita, perché dopo *Amleto* ci saranno molte altre produzioni, checché ne dica Enzo. In qualche modo, farò. Non me ne frega più niente di tutte le mie paranoie, voglio continuare a lavorare e stasera voglio godermi la "prima".

In una città come questa, la prima della stagione di prosa è un evento mondano imperdibile. Schiere di futuri "spettatori dormienti" si accalcano davanti al botteghino e poi alle porte della sala. Gli uomini sono quasi tutti in abito scuro, le donne sfoggiano vestiti da sera veramente eleganti. Stringono mani e si baciano, mentre io rimango a osservare. Forse dovrei fare gli onori di casa, con l'autorevolezza di un vero direttore artistico, ma ormai mi sono abituato a non contare un cazzo e preferisco rimanere in un angolino, convinto che nessuno si accorgerà di me. Mi passano davanti tutti i maggiorenti della città. Solo qualcuno accenna un saluto, poi arriva Gerbino, che entra con il suo passo goffo. «Buonasera, maestro!» E si inchina, come al solito. Enzo si pavoneggia in mezzo a quei pochi amici che gli sono rimasti e che lo chiamano "sovrintendente", a voce alta, ma si capisce che, mentre lo adulano, lo stanno anche sfottendo. L'ultimo è Manganaro, sempre in ritardo, come tutti i critici. Fanculo, non lo sopporto. «Ciao, gioia.» E figuriamoci se non mi chiamava *gioia* pure lui.

Finalmente le maschere chiudono le porte. Lo spettacolo sta per iniziare. Si sente improvvisamente un pestare di tacchi, come se stesse arrivando un plotone militare. Mi giro e vedo un bell'uomo, molto distinto, scortato da una vera e propria nuvola di assistenti in giacca e cravatta, galoppini, portaborse e segretarie. La più bella gli cammina accanto, ma non è una segretaria, si vede subito. Avrà cinquant'anni, il portamento di una donna consapevole del proprio potere e un corpo filiforme avvolto in un elegantissimo cappotto nero. Non riesco a staccarle gli occhi di dosso, evidentemente è la moglie o la compagna o l'amante di Luciano Torrisi. Si fermano davanti alle porte. Lui si gira e mi fissa, ma solo per un istante. Poi prende il telefonino e guarda l'ora. Sono le ventuno esatte. Secondo me si sta chiedendo come mai tutta questa puntualità... È l'unica cosa che mi sono appena accorto di aver ottenuto dai dipendenti. L'ho chiesto quasi in ginocchio: «Lo spettacolo deve cominciare alle ventuno in punto. Vi prego!».

Intanto uno degli scagnozzi prova a convincere una maschera, ma Torrisi lo ferma e chiede a voce bassa: «A che ora finirà il primo atto?».

La signora mi sta guardando, io faccio un timido sorriso di saluto e lei mi risponde. Torrisi è distratto dal telefonino, mentre tutta la sua corte rimane in rigoroso silenzio. Lei mi si avvicina: «Mi scusi, ma lei non è un attore?».

«Sì, sono il nuovo direttore del teatro...»

«Ah, ecco... il direttore artistico?»

«Mi dispiace che non siate arrivati in tempo. Se volete aspettare il secondo atto potete accomodarvi al bar...»

«No, mi sa che andremo via...» Guarda Torrisi. «Non è il tipo che rimane un'ora ad aspettare... a meno che il direttore artistico non faccia un'eccezione...» Sorride. Ha un rossetto cremisi strepitoso.

«Non posso farvi entrare a spettacolo iniziato. Mi deve perdonare.»

«Mi hanno parlato di lei. Dicono che è un tipo coerente. Che ha grandi progetti per il teatro...»

«No, signora, sto solo cercando di ambientarmi, mi creda, e non è facile...»

Già vorrei mandarla affanculo, ma è troppo bella e mi mette in soggezione.

«Lei manca da molto tempo. Le cose sono cambiate.»

«Non direi... Forse sono un po' peggiorate, ma sono sempre quelle.»

«Questa è letteratura. Non si faccia ingannare dai siciliani come lei che vedono il marcio solo qui. Tutto il mondo è marcio, direttore. Come lo era la Danimarca del suo *Amleto*...» Mi strappa un sorriso compiaciuto. È come se volesse darmi conferma che quello che sto facendo ha un senso.

«È vero» rispondo. «Se è per questo, dice anche che gli inglesi sono tutti pazzi.» Sorrido. Ma vedo che lei non ha colto la citazione. È logico. Sono un coglione: la battuta "c'è del marcio in Danimarca" la conoscono tutti, ma quella del becchino che parla male degli inglesi no. Temendo un silenzio imbarazzante, aggiungo la prima cazzata che mi passa per la testa: «Evidentemente abbiamo tutti un rapporto controverso con la nostra terra... Anche suo marito è stato vittima di minacce mafiose, quando faceva il sindaco».

In quel momento scroscia un applauso. Le maschere, fottendosene delle mie indicazioni, aprono in fretta le porte e lasciano entrare il "Viceré", con tutta la sua corte. La signora fa qualche passo indietro, continuando a guardarmi, come se fosse risucchiata dalla porta che, contro ogni buon senso, è stata aperta in pieno spettacolo per farli entrare: «Io mi chiamo Evelina e lavoro con l'onorevole, ma non sono sua moglie...».

«Mi scusi.»

«No, non la scuso. Dovrà offrirmi un caffè nell'intervallo per farsi perdonare la gaffe...»

Cazzo, non avevo mai incontrato donne così caffeinomani come in questo posto! Che cos'è, un codice di comunicazione erotica? Ci prendiamo un caffè... Mi offri un caffè... Io con questa non voglio averci proprio niente a che fare.

Salgo nel loggione. Apro le tende ed entro senza fare rumore. Per fortuna il teatro è pieno. Speriamo che non sia solo per la serata mondana. Mi guardo un pezzo di spettacolo e continuo a rimuginare sul da farsi. Certo non posso piantarla così, senza una giustificazione. Magari le faccio dire da una maschera che ho avuto un problema urgente. Ma la prenderà comunque come un'offesa. Devo aspettarla e offrirle il caffè. Magari può anche tornarmi utile. Così la smetto di fare l'eroe civile e mi accordo con tutti questi stronzi, almeno per non farmi rompere i coglioni. Tanto so che non lo farò mai. E non per una questione morale, ma perché è inutile. Loro non rispettano mai i patti.

Lei mi piace moltissimo, ha una classe disarmante. Più che a come evitarla sto pensando che avrei voglia di sentirla parlare. La aspetto al centro del foyer, tenendo in mano un opuscolo dello spettacolo, per non stare impalato. Lei mi ha visto subito e insieme andiamo verso il bar, senza dire niente.

«Davvero vuole un caffè? Non preferisce un cocktail, a quest'ora?»

«Va bene il cocktail» dice lei. Poi si appoggia con le spalle al bancone, guarda la gente che chiacchiera e comincia a parlare del suo ex marito. Sembra che mi stia lanciando un altro segnale. Finalmente arriva il cocktail. Io glielo porgo e cominciamo a bere. Ride. Dice che il marito è un coglione. È stato arrestato perché era in società con un mafioso pluriomicida. Avevano messo su una ditta di trasporti, ma era solo una copertura. E gli è anche venuto un cancro. E continua a ridere. Io cerco di trovare in quella sua risata una vena di disperazione, come se avessi a che fare con il personaggio di un romanzo, invece lei è veramente contenta e compiaciuta della sua vendetta.

Suona la prima campanella. Mi ringrazia e se ne va. Senza dire niente. Fortunatamente le mie supposizioni erano sbagliate. Non mi stava corteggiando. Un po' ci rimango male, ma è meglio così. Sono anche colpito dalla disinvoltura con cui mi ha detto che il suo ex marito era praticamente un mafioso e che non gliene fregava niente che il cancro potesse ucciderlo. Devo supporre che non abbia mai avuto alcun rapporto con Torrisi che, almeno pubblicamente, si erge a paladino dell'antimafia, e che lei sia andata a lavorare con lui proprio per questo motivo. Forse non lo saprò mai. E, tutto sommato, non me ne frega niente.

Aspetto la fine dello spettacolo, perché voglio sentire i commenti. Escono tutti insieme: Enzo, Gerbino, Torrisi e Manganaro. Mi soffermo sull'abbigliamento. All'entrata non lo avevo notato, perché avevano i cappotti. Gerbino sembra un barbone, come sempre. I pantaloni calati e un maglione bianco che lo ingrassa ancora di più. Enzo ha un completo che sarà stato di suo padre, di un marrone improbabile e chiaramente inadatto per l'occasione. Manganaro crede di essere un critico dell'Off-Broadway e ha messo una giacca giallo canarino su una camicia a quadri bianca e blu, senza cravatta. Ovviamente Torrisi spicca in mezzo a tutti loro e sembra un nobile siciliano. Non c'è partita, ma lui è veramente elegante. Io non muovo un muscolo e spero che non si accorgano di me. In realtà, anche se mi vedessero non gliene fotterebbe niente. La cosa strana è che non vedo più lei. *Magari sarà con la "corte"*, penso, ma non è neanche insieme ai giannizzeri rimasti a pochi passi dal gruppetto di cospiratori che continuano a parlare e a ridere tra loro. Ormai mi sono abituato a tutti questi piccoli misteri, alle cose non dette e alla gente che sparisce. Però speravo di rincontrarla e questo non c'entra proprio niente con il teatro, né con tutto il resto.

C'è un locale sul mare, a meno di mezzo chilometro da qui. Mi ricordo che quando ero ragazzo e mi piaceva qualcuna, andavo in un locale a caso e cominciavo a pensare che l'avrei incontrata proprio lì. Un paio di volte mi è riuscito. Vediamo stasera.

Certo, devo essere pazzo per sperare di incontrare quella donna dopo la nostra chiacchierata. È come se non le credessi. Sto cercando di convincermi che ha detto quello che ha detto solo per impressionarmi. E se lo ha detto per questo, ha sbagliato, perché io non ho certo paura della mafia vera, cioè di quella che spara. Non perché mi senta coraggioso, ma perché a quelli non gliene fotte niente del teatro. Loro gli incassi che il teatro fa in un anno li fanno in mezz'ora. La mafia che temo è l'altra, quella dei politici e dei burocrati, che ormai sono una sola cosa. Comunque, la tecnica non ha funzionato. È tardi e il locale è quasi vuoto. Mi siedo a un tavolo e vedo che i ragazzi del banco mi guardano, ma non si avvicinano. Forse pensano che stia aspettando qualcuno. Attraverso la finestra si vede bene la banchina del porto, una piccola nave ormeggiata ostruisce il panorama. Vorrei essere come quelli che sanno stare da soli e che, quando sono tormentati da qualcosa, si fanno una passeggiata lungo la linea del mare. Invece io preferirei che ci fosse qui un amico per bere un ultimo cocktail, che mi faccia tornare a casa ubriaco e incapace di pensare a quello a cui ormai penso continuamente. Sto sprecando tempo, lavoro ed emozioni. A nessuno interessa nulla di quello che faccio io, sono una pedina inconsistente nelle mani di burocrati che non hanno ancora deciso che cosa fare di me. Per questo mi prendono in giro, magari mi daranno in pasto a una donna, come credevo che stesse per succedere stasera. Manco quello! Avrei preferito affogare tutta questa paura e quest'insicurezza in una notte di sesso o in un sentimento perverso e senza senso. Comunque, in qualcosa che mi avrebbe distratto da tutto, con maggiore efficacia di quanto non riesca a fare il secondo Negroni che ho ordinato e che decreta il fallimento della dieta che stavo seguendo.

In quel momento entrano tre dipendenti del teatro. Gente che non vedo mai. Stasera si sono fatti mettere di turno come mascherine, così hanno la scusa per saltare mezza giornata domani. Naturalmente non sarebbe possibile farlo, ma questo è l'unico lavoro di Enzo, in qualità di sovrintendente: concordare e barattare ore di non lavoro e di straordinari fasulli, giocando agilmente con i turni e moltiplicando i costi del teatro con spese che fanno un lungo giro e poi vanno a finire nelle tasche dei dipendenti. Ovviamente in cambio del voto e dell'impegno "politico". Mi passano davanti salutandomi appena, come se non fossi il direttore del teatro, ma un qualsiasi conoscente che gli sta anche sul cazzo. Però, adesso che lo vedo meglio in viso, uno mi sembra di conoscerlo bene: giocava a basket. Se non ricordo male si chiama Carmelo, detto Junior, per via di un cugino più grande che si chiamava così e giocava a basket anche lui. Infatti, dopo aver ordinato, si avvicina al mio tavolo: «Tutto solo, direttore?».

«Ma tu sei...»

«Voi mi chiamavate "Junior", quando giocavamo a basket.»

«Ah, sì, ecco... ma io non ero un grande giocatore...»

«Devo dire che non me la ricordo come una stagione di grandi successi.» E ride. Sembra simpatico, anche se non ricordo niente di lui.

Comunque, preferisco la sua compagnia a quella solitudine in cui sono precipitato, perciò cerco di attaccare discorso. «Hai visto lo spettacolo?»

«No, per favore...»

«Come *per favore*?»

«Il teatro mi annoia a morte... È una cosa vecchia, che ormai non piace più a nessuno. La gente viene solo per farsi vedere in società. Vedrà domani. Oggi era tutto pieno, giusto? Tutti eleganti... Domani ci saranno sì e no trenta vecchi rincoglioniti, di cui la metà si addormenta prima che finisca il primo atto e magari nell'intervallo se ne va...»

«Scusa, posso farti una domanda personale?»

«Dipende...»

«Perché lavori in un teatro, se non ti piace il teatro?»

Lui si gira verso uno dei camerieri, calcando l'inflessione dialettale: «Bob, *a te ti* piace lavorare al bar?».

«Vaffanculo, Carmelo» gli risponde quello mentre continua a lavare i bicchieri.

«Ecco... vede perché?»

«Però è diverso... Un teatro...»

«Quello non è un teatro, è un ente pubblico... Ci hanno sistemato lì trent'anni fa...»

«Quindi tu, ogni mattina, da trent'anni a questa parte, ti alzi e vai a fare una cosa che non ti piace per otto ore?»

«Esatto, come fa questo poveraccio...» rivolgendosi al barista.

«Sì, ma tu sei pagato con i soldi dello Stato.»

«È uguale. Mi rompo i coglioni quanto lui. Forse di più.»

«Allora perché ti sei fatto mettere di turno, stasera?»

«Ce lo ha chiesto Enzo, perché sapeva che sarebbe venuto Torrisi.»

«E quindi?»

«Enzo è passato con noi... con Torrisi. Lo sostiene.»

«Certo, non mi stupisce... mi piacerebbe sapere se c'è un motivo...»

«È logico, scusi... uno come Enzo, che non sa fare un cazzo, come fa ad avere un incarico così se non lecca il culo alle persone giuste?»

«Hai ragione» faccio io, mentre ordino un altro Negroni.

Lui si alza per tornare dai suoi amici, ma prima di congedarsi si avvicina al mio orecchio e sussurra: «Lasci stare Evelina, direttore, che è la moglie di Previti». E se ne va.

Certo! La ditta di trasporti a cui Enzo voleva far vincere la gara d'appalto, quando ancora i trasporti non servivano. E come ti sbagli? È tutto collegato.

Continuo a bere senza pensare, finché non mi trovo a decidere se andare in bagno a vomitare e poi farmi un altro Negroni, oppure tornarmene a casa. Il fatto è che per uscire devo passare proprio davanti a quei tre stronzi. È meglio rimanere seduto, perché se mi alzo rischio di svenirgli davanti. Già non mi rispettano, anzi non mi tengono proprio in nessuna considerazione, ci manca solo che gli dia l'opportunità di dipingermi come un alcolizzato. Ma non è solo l'alcol che mi fa pulsare le vene nelle tempie, sono la rabbia e il senso di solitudine, e tutte queste persone che sanno tutto di me mentre io non so un cazzo di niente. Provo a pensare allo spettacolo su *Amleto*. Ma è impossibile. Mi tornano davanti la faccia di Evelina, quella di Torrisi e dei suoi scagnozzi. Già non me le ricordo più. Forse non le ho mai viste. È stato un incubo. Non riesco neppure a vedere il prezzo sullo scontrino. Intanto quei tre se ne sono andati e io sono ancora seduto qui, da solo. Mi sovviene una frase di un vecchio film: "Io non c'entro con questo mondo". Invece c'entro, c'entro eccome!

# XXVI

## LA QUESTIONE MORALE

Anche don Fabio aveva un rapporto difficile con questa città. L'aveva dominata, insieme ai suoi sodali, per molti anni e poi era stato costretto ad andarsene. Ma lui non se n'era andato per fare carriera, non ne aveva avuto bisogno. La sua carriera l'aveva fatta qua. Si defilava, di tanto in tanto, prima che le sue porcherie venissero scoperte, e poi tornava, dopo che erano state abilmente insabbiate.

Ora sembrava che dovesse partire per un altro incarico, con un treno notturno. «Mi trattengo fino a sabato perché ho un battesimo in duomo.» Così aveva detto.

Non ci capivo più un cazzo. Se ne stava andando?

«Sì, se ne va» disse padre Alessandro.

Ma non era possibile. Che cazzo significava? Il controllo, la piovra, la rete di interessi. E se ne andava? Era uno dei suoi soliti trucchi, ovvio.

Padre Alessandro non mi prendeva neanche in considerazione: «Non è venuto per rimanere, te lo avevo detto. Adesso puoi stare tranquillo».

«E il bambino?» dissi io.

Padre Alessandro si incupì e ribadì che si era trattato di una disgrazia. Sembrava esserne sempre più convinto e, a dir la verità, anch'io speravo che fosse così. Mi dispiaceva per Andrea, ma se fosse stata davvero una disgrazia, e don Fabio fosse finalmente partito, tutti i miei sospetti e persino il mio odio per quell'ambiguo sacerdote sarebbero presto svaniti e tutto sarebbe tornato alla normalità. C'erano però troppe cose strane, compresa quell'improvvisa partenza. E poi c'era Zizza. Zizza non era un coglione, non mi avrebbe detto quelle cose.

Quella mattina padre Alessandro era veramente sereno e allora volli accontentarlo. Liberai anch'io la mente e in effetti mi sentii sollevato. Mi guardavo intorno e mi sembrava che la luce della città fosse più bella. Ma fu un attimo. Mi incupii di nuovo. «Padre, che cosa intendeva quando ha detto che io non so cosa sia l'amore?»

«Niente. Credo che tu non lo sappia e basta.»

Era irritante quando mi parlava guardando fuori dal finestrino e poi se ne stava zitto.

«Voi preti parlate sempre d'amore, ma lei si dà proprio l'aria di sapere tutto...»

«Ti sembra immorale, vero?»

«Sì, esatto, mi sembra immorale» risposi.

«La morale è solo una strada, come quella che stiamo percorrendo e tutte le altre... la puoi cambiare a tuo piacimento, secondo dove sei, cosa fai, dove sei nato, a quale religione appartieni. La morale è proprio come questa strada: apparentemente è rapida, sicura, ci sono servizi di ogni genere, ma per te, che guidi la tua macchina, è piena di insidie... a ogni curva, per ogni sassolino di sabbia che le ruote schiacciano, una persona che l'attraversa, la pioggia o che so io... Ogni cosa potrebbe essere fatale. Così è la morale. Se ci credi troppo, se ti fidi troppo di lei, finisce che vai a sbattere.»

Secondo me, invece, la morale era che lui si scopava la professoressa e non voleva che io gli rompessi i coglioni. Però, almeno da questo punto di vista, ero più tranquillo. Una volta partito don Fabio, nessuno mi avrebbe chiesto più niente di quella storia. Tanto più che, in realtà, io non sapevo proprio niente, tranne quello che cercavo di interpretare dalla confusione che da una parte Zizza, con le sue incursioni, e dall'altra padre Alessandro, durante le nostre passeggiate in macchina, mi mettevano in testa.

Al ritorno in istituto vidi Giulio dritto davanti al portone, come se stesse aspettando qualcuno.

«Che ci fai qui a quest'ora, Giulio?»

«Sono venuto a festeggiare con te, *stronzobbiettore*.»

«Ma di che cazzo stai parlando?»

«Sei riuscito a fottere di nuovo don Fabio.»

«Guarda che io non c'entro niente. Mi hanno detto che ha avuto un altro incarico.»

«Certo, non se ne sarebbe mai andato per paura di un cazzone come te... Ma non è vero che ha avuto un altro incarico. Ha deciso di andarsene e basta.»

«E tu come lo sai?»

Giulio era rimasto orfano quando aveva tre anni e don Fabio era stato come un padre per lui. Lo aveva curato e accudito amorevolmente fino a quel momento. E adesso era finito tutto. Lui sapeva perfettamente che don Fabio non faceva niente per caso. Di solito, lo metteva al corrente di tutto. Questa volta no. Era da giorni che don Fabio non gli parlava e se don Fabio non parlava con Giulio, Giulio non si avvicinava neanche, né avrebbe potuto chiedere spiegazioni, perché anche lui lo temeva, più di tutti noi. E aveva capito che lo stava abbandonando, anche se non sapeva perché. Per me, invece, il motivo poteva essere solo il più logico, e cioè che l'aveva fatta grossa ed era venuto il momento di scomparire un'altra volta. Giulio conosceva molto bene la fredda determinazione del suo padre adottivo e gli era bastato osservarne l'atteggiamento per capire che quell'ipotetico viaggio segnava la fine del loro legame.

A un tratto bisbigliò che nessuno poteva mantenere troppo a lungo un segreto. «Un segreto è segreto solo perché prima o poi verrà svelato» disse.

«Quale segreto?»

«Il segreto di Pulcinella...»

Avevo sempre creduto che fosse stato don Fabio a uccidere, o a far uccidere, Andrea. Ma non volevo crederci. Adesso che Giulio sembrava confermarlo, speravo con tutto il cuore che non fosse vero.

«È stato don Fabio? È così, vero? Io l'ho sempre detto.»

«Infatti, lo stai dicendo tu, *stronzobbiettore*, non io... Io sto parlando di Ciccio. Tu lo conosci Ciccio?»

Feci un cenno con il capo.

Giulio si illuminò in volto, come ogni volta che parlava dei bambini. Cambiò tono, non sembrava neanche più lui. «Ciccio è un bambino bellissimo. È agile, magrissimo. Ed è così piccolo che riesce a infilarsi nel montacarichi delle cucine e a farlo partire dall'interno, tirando via il braccio all'ultimo momento. Quando non lo vede nessuno, scende giù a fare razzia di gelati.» Fece un sorriso compiaciuto, poi una pausa e rapidamente scomparve quella luce che aveva sul volto.

«Quella sera Ciccio è sceso nelle cucine?» dissi io con un filo di voce.

«Ciccio lo fa quasi ogni sera. Qualche volta trova i gelati e qualche volta no...»

«Ti sto chiedendo se ha visto don Fabio o qualcun altro quella sera... qualcuno che ha ammazzato Andrea.»

«Chiedilo a lui.»

Lo disse solo per provocarmi, perché io sapevo benissimo che solo Giulio e padre Alessandro riuscivano a parlare con quei bambini così piccoli e così sordi. Scappavano per i corridoi se qualcuno tentava di avvicinarli, come i gattini randagi che vengono a mangiare sotto casa, ma non si fanno prendere.

«Perché mi hai raccontato questa cosa orribile?»

«Cosa c'è di orribile?»

Continuava a tenermi a distanza. Era chiaro quello che voleva dirmi, eppure riusciva al tempo stesso a contrastare qualsiasi mia deduzione che portasse dritta a quella verità ormai evidente. Era stato istruito a dovere a essere così ambiguo dal suo maestro. Ma non era rimasto lì ad aspettarmi senza uno scopo. Così, prima di andarsene, mi guardò negli occhi e, freddamente, rispose alla mia ultima domanda: «Per vendetta».

Per vendetta?! Non ci credevo. Ma lui era sicuro, impassibile.

«Allora dimmi, perché lo ha fatto?»

Non si fece cogliere in fallo. Si lasciò scappare un sorrisetto. «Io non ho detto niente. Non l'ho neanche nominato. L'unica cosa che posso dirti è che qualsiasi cosa faccia don Fabio si capisce dopo. E non è sicuro che tu la capisca neanche dopo. Sei troppo coglione.»

«Perché lo racconti a me, Giulio? Io sono uno *stronzobbiettore*. Vai da un magistrato o alla polizia, no?»

«A raccontare la storia di Ciccio? Non credo che gli interessi...»

Mi sentivo come se stessi affogando in una melma merdosa. Sapevo tutto e non potevo fare un cazzo!

Dissi a Giulio che doveva parlare con Zizza. Ma lui si fece serio e rispose che se qualcuno fosse venuto a sapere di questa nostra conversazione, anche solo un ragazzo sordomuto, sarebbe stata la fine per tutti.

Mi stavo cagando sotto, ma era un'occasione straordinaria. Forse era vero quello che avevo pensato e che ormai mi sembrava quasi di aver visto. Conoscevo tutte le abitudini dell'istituto, mi mancava solo il dettaglio di Ciccio. Forse quella battaglia si poteva vincere. Forse poteva cambiare tutto, almeno in me. Ci vuole un secondo per sentirsi un eroe, qui. Tutti ci sentiamo eroi e paladini, però rimaniamo parte integrante del sistema. Pedine, come tutti gli altri. Ma questo ancora non lo sapevo.

# XXVII

## CAUTELA

Il primo spettacolo della stagione è finito e, fortunatamente, la sala era piena anche il sabato e la domenica, non solo per la prima, come aveva detto quello stronzo di Carmelo.

Questa mattina c'è un'aria tersa e si sente l'odore del mare. Mi avvio lentamente verso il teatro e mi godo l'atmosfera. Cerco di togliermi dalla testa tutte le cose inutili che mi ossessionano: Enzo con i suoi affari loschi e i suoi continui cambi di casacca, Gerbino che mi minaccia, la sparizione del presidente e del Consiglio, la campagna elettorale di Torrisi, quella donna e tutti gli altri intrighi che si intrecciano al di sopra della mia testa. Adesso devo pensare solo allo spettacolo.

La città è completamente tappezzata di manifesti elettorali. È come se si fosse fermato tutto, come se non esistesse nient'altro che le elezioni, i candidati, gli incontri, i comizi e via dicendo. Al teatro va sempre peggio. Gli uffici sono vuoti. I dipendenti vengono la mattina, timbrano e poi escono a fare campagna elettorale anche loro. Persino Eugenio oggi è sparito. Non me lo aspettavo da lui. Sembra molto sicuro del suo potere qua dentro. Non capisco perché debba leccare il culo ai politici.

Almeno c'è un po' di silenzio e posso mettermi a studiare *Amleto*. Mi manca solo la scena del duello per chiudere lo spettacolo. Oggi pomeriggio voglio finirlo, così poi possiamo provare di filato per rodarlo e limarlo bene, prima del debutto, proprio come ha detto Gerbino. Lo leggo e lo rileggo per farmi venire un'idea. La scena è complicata, troppe morti, difficili da rappresentare in teatro senza svelarne la finzione. Esco dalla stanza. Mi guardo in giro e penso: *Ma davvero non c'è nessuno?* È uno schifo. Forse dovrei chiamare i carabinieri. Ma che gli dico? Se succede qualcosa, mi salta lo spettacolo, e se non succede niente, me lo fanno saltare i dipendenti per vendicarsi. Voglio vedere se almeno hanno preparato il palcoscenico per le prove di oggi. Mi affaccio dal loggione, ma il sipario è chiuso. Decido di scendere. Non c'è niente. Rimango con una mano sul sipario e scandagliai con gli occhi tutto il palco. Nulla. Non c'è traccia delle scene. O, meglio, dei pochi attrezzi di scena che siamo riusciti a raccattare in teatro, perché, ovviamente, le gare d'appalto non sono ancora pronte. Carla è stata troppo impegnata! Nella campagna elettorale, immagino.

Cammino sulle tavole di legno e mi dirigo verso l'uscita camerini. Spero che almeno lì ci sia il custode e che magari sappia dove cazzo li hanno messi. Ha una piccola televisione accesa a tutto volume e russa. Busso sul vetro e lo faccio sobbalzare per lo spavento, ma almeno cerco di essere gentile. «Buongiorno, sa dove hanno messo le scene di *Amleto*?»

Lui non si scompone. Ha solo aperto gli occhi. «No.»

«Scusi... a che ora ha cominciato stamattina?»

«Alle sette. Alle otto sono venuti i tecnici dello spettacolo e si sono caricati le scene.»

«Sì, certo, ma quelle erano dello spettacolo che abbiamo ospitato, io sto parlando di *Amleto*... lo spettacolo che produciamo noi.» Alzo un po' la voce e scandisco le parole, come se parlassi con un demente: «Con *noi* intendo il teatro che le dà lo stipendio...».

«Io sono il custode.»

«Anche questo è vero...»

Salgo le scale che portano fino alla sala prove, per vedere se sono ancora là.

«Dove sta andando?» mi urla lui.

«Se lei è il custode, io sarei il direttore artistico. Se me lo permette, vado dove cazzo mi pare.»

Alza le sopracciglia e si rimette a guardare la tv.

La sala prove è stata ripulita e tirata a lucido. Ed è più vuota del palcoscenico. Ritorno negli uffici, nella speranza di incontrare qualcuno che sappia qualcosa. Mi prende una specie di ansia adolescenziale, quel senso di impotenza che ti offusca la mente per amore, che non ti fa pensare ad altro che a quella ragazza che ti ha lasciato. So che sto per perdere il controllo.

Entro negli uffici amministrativi e trovo due dipendenti che evidentemente sono tornati dai loro affari. «Sapete dove hanno messo le scene del mio spettacolo?»

Gaspare, l'economo, un uomo dallo sguardo impenetrabile, non dice niente, mentre Adele, con l'aria scocciata, si limita a una smorfia di diniego. Figuriamoci, come sempre nessuno sa niente.

Sto per uscire sbattendo la porta, quando Gaspare mi fa:

«Mi pare, direttore, che il commissario ha detto che bisognava portarle al deposito...».

«Sì, sì...» aggiunge Adele. «Le hanno portate al deposito.»

«Perché?»

«Lo chieda a lui... è arrivato... ma c'è la luce rossa accesa.»

Intanto sento che al mio telefono stanno arrivando messaggi a raffica. Sono tutti di Enzo. Mi ha mandato i link di quattro giornali on line e la foto del quotidiano locale, con la stroncatura di Manganaro. Quella non mi preoccupa, mi aspettavo che mi facesse la guerra, ma gli altri giornali non parlano affatto della prima, titolano tutti contro di me, svelando la denuncia di Gerbino alla Corte dei conti e facendomi passare per uno sprovveduto, agli occhi dei più attenti, e come il solito imbroglione, agli occhi della gente. Ecco, in questo caso il termine è proprio quello adatto. Per un attimo penso che hanno ragione loro, perché è così che mi sento: uno sprovveduto. Non riesco a crederci. Rileggo gli articoli e mi appunto le firme dei giornalisti che li hanno scritti, come se volessi andare a cercarli per una resa dei conti. Invece devo ignorarli, perché sono giornalini che leggono quattro gatti, ma che certamente Enzo e gli altri useranno contro di me.

A un certo punto vedo Eugenio in fondo al corridoio che mi viene incontro con un foglio in mano. Mi guarda in faccia e capisce che sono sconvolto. Mi porge il foglio con una strana aria commiserevole: «Te l'avevo detto».

Io non riesco a leggere per come mi tremano le mani e soprattutto perché gli occhi si stanno riempiendo di lacrime per la rabbia: «Che cazzo c'è scritto?».

«Il commissario ha sospeso lo spettacolo, cautelativamente... Forse ci sarà un'indagine della Corte dei conti.»

Non riesco a trattenermi. Urlo, piango e dico parole a casaccio senza riuscire a formulare una frase. Eugenio è imbarazzato. Per la prima volta ho l'impressione che sia capace di avere dei sentimenti. Invece si riprende il foglio e se ne va, senza aggiungere altro.

Dovrei andarmene subito e non tornare più. Ma adesso non è possibile. Ci sono venti attori che stanno lavorando, i tecnici, lo scenografo, il costumista, le sarte. Ferdinando mi scrive un messaggio in cui dice di aver ricevuto una mail dagli uffici: lo spettacolo è rinviato a data da destinarsi e i compensi rimangono congelati. La mail viene da Gaspare, quello stronzo che aveva finto di non sapere niente. Diventano subito solerti quando c'è da distruggere qualcosa o qualcuno.

Rimango un'ora e mezza fuori dalla porta del commissario, mentre continuo a scambiare messaggi con tutti gli altri attori e intanto mi viene un mal di testa che mi impedisce quasi di parlare, quando finalmente sono seduto davanti a lui: «Non è una cosa grave. Facciamo passare qualche mese e se non succede niente lo riprendiamo...».

«Lei sa benissimo che questo non è vero. Lei ha bloccato lo spettacolo perché vuole qualcosa da me. Qualcosa che neanche mi ha chiesto. Vuole che io mi inchini all'onorevole Torrisi... Non lo so, che cazzo vuole?» Mi fermo. Cerco di pensare a quello che dico. Gerbino non muove un muscolo. Aspetta che io prosegua. «Va bene. Se volete che mi dimetta, lo faccio subito. Non posso lavorare così...»

«Guardi che i rilievi che io ho mandato alla Corte dei conti li ha fatti il sovrintendente.»

«Lei ha detto che era una sua iniziativa, che c'entra adesso il sovrintendente... Quello non li sa neanche leggere i conti.»

«Non ho detto che era una mia iniziativa. Ho detto che io faccio il mio lavoro.»

È il solito muro. Allora penso a come venir fuori da questa discussione, per andare subito a sputare in faccia a Enzo e a farmi dire perché mi ha fatto questo.

«Per vendetta.» Così mi risponde. E poi fa un sorrisetto da bambino malvagio. «Io ti ho fatto fare quello che volevi e tu mi tratti in quel modo... peggio per te.»

«Tu non mi hai fatto fare niente, stronzo. Cos'è, una cortesia farmi lavorare?»

«Io ti ho detto che qui bisogna fare cose che piacciano alla gente... tu fai l'intellettuale...»

«Guarda che il primo spettacolo della stagione ha fatto il tutto esaurito per tutti e tre i giorni di programmazione!»

«Sì, ma non è piaciuto a tutti...»

«Ah, certo, non sarà piaciuto ai tuoi amici... o a quel coglione di Manganaro, che vuole prendere il mio posto...»

«Non è piaciuto alle persone influenti, gioia. So che questa parola non ti piace...»

È solo un fiume di provocazioni. La mia presenza qui è diventata inutile e io mi sento più inutile di quanto non lo sia per loro. Ma non voglio andarmene, non voglio dargliela vinta. Il problema è che lo spettacolo è sospeso e non ci sono altre produzioni. Che cazzo sto a fare qui? Meglio cambiare aria. Se mi richiamano, metto su questo benedetto *Amleto* e poi me ne vado per sempre, quanto è vero Iddio. Ma poi penso che questi non aspettino altro che io me ne vada per fare quello che gli pare e strafottersene del teatro. Non mi richiameranno mai, lo spettacolo non si farà mai, nessuno ne saprà più niente, finirà nel calderone di tutti i miei e loro fallimenti, certificando che il teatro, alla fine, non è una cosa importante. Essere veramente grandi non significa trovare ragione di contesa in un'inezia, quando è in gioco l'onore? Ci credo sempre meno. Intanto prendo le carte e me ne torno in albergo. Non voglio rimanere in teatro, preferisco stare da solo. Ogni cosa e ogni persona che vedo intorno a me sono solo lo strascico di questa brutta storia. Compresa Evelina, che mi sta venendo incontro nella piazza antistante con il suo passo di marcia e il suo sorriso pazzesco. Non mi va di salutarla né di fermarmi a parlare, magari facendo finta di niente, né di condividere con lei questa colossale sconfitta. E, invece, sta proprio puntando dritto verso di me. Sa già tutto. Come sempre e come tutti. Dice che Enzo è un opportunista e che è colpa sua, che fa sempre casino. Mi parla a un centimetro dalla bocca, come se ci fossimo lasciati un minuto prima, come se ci fossimo baciati. Poi se ne va, perché deve partire.

«Quando torno da Milano ti chiamo.»

"Perché? Che motivo c'è?" vorrei chiederle. Ma non lo faccio. Che cazzo me ne frega. Tanto non mi chiamerà. Non ha neanche il mio numero.

Sono rimasto tutto il pomeriggio in albergo a guardare fuori dalla finestra. È come se la mia mente, i miei nervi e i miei muscoli si rifiutassero di mettersi in contatto per decidere di compiere l'unica azione possibile: alzarsi, fare la valigia, prenotare un aereo e andare via. Invece rimango lì ad aspettare, fumando una sigaretta dietro l'altra, neanche fossi l'ex presidente. Ogni tanto sbircio il telefono che non squilla, e verso sera comincio a sentire, attraverso il vetro della finestra, il tintinnio dei bicchieri che proviene dai bar e dai ristoranti all'aperto. Osservo le strade, illuminate dai vecchi lampioni, e per un attimo mi abbandono a questa atmosfera che annuncia, come un muezzin, l'arrivo della sera e del mistero. Ma non mi fotte più questo romantico andirivieni di finzione e di vanità. La mia stupida attrazione ancestrale che mi fa vedere tutto più bello o più importante di quello che è. Rimango fermo, ma sono sempre più determinato ad andarmene. Il fatto è che non sarei dovuto tornare. E invece lo faccio ogni volta, inventando mille scuse. Ma è solo per orgoglio e vanità, per dimostrare qualcosa a tutti quelli che, secondo me, allora mi avevano sottovalutato o umiliato, se continuo a tornare. Per un sottile e miserabile spirito di vendetta. Come Giulio con don Fabio. Prima lo aveva amato incondizionatamente, aveva chiuso gli occhi davanti alla sua prepotenza, perché gli conveniva, e dopo, temendo che l'abbandonasse, aveva velocemente trasformato l'amore in odio, pur celando dietro la sete di vendetta il suo ultimo, patetico e disperato gesto amoroso. Oppure perché volevo dimenticarmi proprio di quella storia. Come se tornando qui avessi potuto cancellarla e convincermi che non fosse mai accaduta. E forse è proprio così, devo aver dimenticato tutto perché sto per fare proprio la stessa stronzata che aveva fatto Giulio, anche se in modo diverso. Ma ormai sono seduto a bere il mio Negroni con Fabrizio e Giuseppe, che mi stanno dicendo che ho ragione su tutto, quegli altri sono dei dilettanti e io un professionista, e devo fargli il culo. Basta che non parlo di mafia.

Non li ascolto più, non sopporto più neanche loro. Improvvisamente penso di andarmene, di chiuderla qui, con un vero colpo di teatro: pago il conto, prima che lo faccia Giuseppe, invento una scusa, vado in aeroporto e sparisco per sempre. Ma non lo faccio. Mi rispondo con le solite scuse banali: il pubblico, lo spettacolo già annunciato, gli attori, il mio progetto, il teatro in mano a quegli impostori, eccetera eccetera.

Ma lo so che sono solo fandonie che dico a me stesso per giustificare altra vanità, presunzione e sete di vendetta.

*Essere o non essere. Questa è la domanda.*
*Se sia più nobile, per la mente,*
*sopportare i dardi e le frecce dell'oltraggiosa fortuna*
*o prendere le armi contro un mare di affanni*
*e, contrastandoli, finirli.*

Che idiota. Ho studiato *Amleto* tutta la vita e non ho capito un cazzo! Se me ne andassi adesso sarebbe tutto finito, rimanendo potrò solo peggiorare le cose. Devo decidere. Rimango. Certo. Devo finire il lavoro, devo resistere. Ma la verità è un'altra ed è più semplice: sono una pedina anch'io.

# XXVIII

## IL GIORNALE LOCALE

Un pomeriggio si presentò alla portineria dell'istituto un ragazzo della mia età che voleva prenotare il campo di calcetto. Gli feci vedere gli orari disponibili e lui ne scelse uno. Mentre contava i soldi per pagare, alzò un attimo la testa e mi guardò negli occhi. Lo riconobbi, o almeno mi sembrò di riconoscerlo, e che lui avesse riconosciuto me. Forse frequentava la mia stessa scuola o aveva visto qualche mio spettacolo. Tirò su con il naso e poi mi fece un sorriso strano, che durò un attimo. Ma io ebbi l'impressione che mi avesse detto qualcosa, anzi che avesse fatto proprio un discorso, con quel sorrisetto: "Hai visto che fine si fa a voler fare l'artista? Per campare devi fare un altro lavoro... e tu sei finito in portineria!". Cominciai a pensare freneticamente come riuscire a dirgli che ero un obiettore di coscienza. Ma la nostra non era una conversazione. Solo domande e risposte. Rimasi bloccato e accettai, con un'umiltà che non mi riconoscevo, che il suo giudizio si abbattesse su di me. Poco importava che lui avesse pensato davvero quella cosa. Mi ero dato una lezione da solo, che senz'altro mi aveva fortificato. Forse quel ragazzo non aveva pensato niente di tutto ciò ed ero io che mi stavo dando troppa importanza. Magari ero proprio io che mi stavo giudicando male. E di certo ne avevo qualche buona ragione, che adesso non ricordo. Il ragazzo si allontanò, salutando educatamente. Dal suo zaino usciva una copia de *il manifesto*. Eravamo in pochissimi a leggerlo in città. Avrei voluto dirgli qualcosa, volevo fermarlo, ma non mi venne in mente una buona scusa e lui si era già allontanato troppo.

A quei tempi i giornali erano importanti. Si portavano sottobraccio e in bella vista. Perché un giornale nazionale, per esempio, invece del quotidiano locale, o addirittura un organo politico, era un modo di connotarsi e rendersi riconoscibili.

A proposito di giornali: *Perché i giornali non hanno scritto niente su quello che è successo in istituto?*, mi chiesi. Subito dopo pensai: *Ma quali giornali?* Ne avevamo uno solo in città ed era, naturalmente, "controllato" da Silvano Ferracane. Il direttore, Giovanni Calabrò, che si dava l'aria di essere un grande giornalista, era solo un modesto cronista sportivo che, in mezza giornata, era diventato il padrone della città, sempre per volere di Ferracane. Si trattava di uno dei suoi tanti tentacoli. La notizia della morte di Andrea non sarebbe mai stata pubblicata. Non c'era neanche bisogno che Ferracane intervenisse, ci pensavano i suoi servi. Qualsiasi notizia che riguardasse, anche lontanamente, la rete del gran boss politico veniva filtrata alla base. Erano gli stessi cronisti a farle scomparire, e se qualcuno se le lasciava sfuggire venivano bloccate all'ultima lettura, quella del direttore che, praticamente, svolgeva solo questa funzione. Con relativo cazziatone per il cronista e rischio di licenziamento, secondo la gravità dei casi.

Mentre Zizza mi spiegava queste cose, eravamo già arrivati sotto l'istituto. Lo avevo convinto a venire a parlare con Giulio e lui mi aveva convinto ad andare a prenderlo con la macchina. Era di una pigrizia indecente, si rompeva il cazzo pure di guidare. E lo ammetteva senza vergogna. Ma il loro incontro non servì a niente. Giulio non disse nulla. Sembrava che fosse diventato sordomuto anche lui. Inoltre, la testimonianza del bambino, per giunta tradotta da Giulio, sarebbe stata inammissibile in giudizio.

«Sì, ma può essere considerata almeno come un indizio, una traccia... magari stimola la curiosità di un giudice...» insistei io.

Zizza si incazzò: «Prima di tutto non sai niente di queste cose. Usi parole a sproposito: "indizio", "traccia", "curiosità"... che cazzo dici? Ti pare che i processi sono come quelli dei film americani? E poi noi qui abbiamo a che fare con giudici corrotti... Senza prove evidenti e inconfutabili non vai da nessuna parte».

Gli chiesi come faceva a sapere che il nostro giudice sarebbe stato corrotto, se ancora non era stato istruito il processo, e anzi non c'era neanche una denuncia.

«Perché lo sono tutti» tagliò corto lui. Poi fece il nome di due magistrati e disse che quelli erano gli unici onesti. Nessun altro.

Sentire queste cose da Zizza non mi sconvolgeva, ma mi faceva andare in bestia. Lui le spiegava in un modo così semplice, che non restavano dubbi sul fatto che fosse la pura verità. Sapeva tutto e conosceva tutti. Aveva una memoria portentosa. Collegava le parentele, le amicizie, i rapporti, gli interessi come un programma computerizzato. E tramite questa ragnatela riusciva a capire tutto, perché tutto si fondava proprio su questi intrecci. Ma non aveva nessun potere e nessuna certezza, se non quella di non contare un cazzo. Anche il fatto che parlasse così tanto con me lo squalificava un po', almeno ai miei occhi. Un commissario che si metteva a raccontare una sua indagine a un ragazzo che faceva l'obiettore di coscienza? Mi sbagliavo anche su questo. Perché quella non era un'indagine. Zizza sapeva che non sarebbe arrivato mai a nulla, ma proprio mai. Lo faceva per passare il tempo, perché era depresso dopo la separazione e cercava uno stimolo, ma era consapevole lui stesso di prendersi in giro da solo. Era un bluff.

# XXIX

# IL DISCREDITO

5.30 del mattino. Vado a correre sul lungomare. Le folate di vento portano a sprazzi l'odore del pane e dei dolci appena sfornati. Il rumore del mare fa da sfondo al ritmo alienante della corsa e lo raddoppia, le gambe vanno da sole, senza sforzo, senza pensieri, realizzando l'"azione pura" celebrata da Amleto. Mi ritorna in mente come un tarlo, un amore fallito. Adesso devo trovare una soluzione. O vado di nuovo a parlare con Gerbino, ma non servirebbe a niente, oppure devo convincere Enzo a fare retromarcia. Cosa che non farà mai. Se la sua è una vendetta, non si accontenterà di avermi spaventato e angosciato per un intero pomeriggio. Vuole anche affermare il suo potere, chiaro, non solo vendicarsi. La cosa che veramente mi turba è che lo fa solo per se stesso. Non ne trae alcun vantaggio, anzi, se fa saltare la produzione avrà meno possibilità di spartire soldi o di chiedere mazzette. Per di più ai politici non gliene frega un cazzo di quello che succede in teatro, meno che mai se lui blocca il mio spettacolo, una cosa di nessuna importanza. È un piacere onanistico. Come quelle persone che fanno gli scherzi telefonici da casa loro, senza la necessità di un pubblico o di una qualsiasi condivisione. L'unica cosa che posso fare è prendere tempo. Devo andare in teatro come se niente fosse e aspettare. Non mi possono ignorare e se il teatro deve funzionare, almeno per le loro parate mondane, deve esserci qualcuno che sa fare teatro, come me.

Finisco l'allenamento e torno in albergo per una doccia. Scelgo un vestito antracite, cravatta e scarpe classiche nere. Quando ero piccolo le chiamavo "scarpe di suola", che era la traduzione letterale di *scappi i sola*, un'espressione che risaliva ai tempi della guerra, quando era troppo costoso averle. Vestirsi eleganti e sentirsi eleganti. È un trucco che mi ha insegnato una ragazza mentre stava per lasciarmi: «Se sei depresso, vestiti elegante» disse. Da allora lo faccio sempre.

Mi sento bene e sento che posso farcela, che posso affrontarli. Arrivo in teatro e come al solito non incontro nessuno, ma poi vedo una piccola ressa davanti alla stanza di Gerbino. Mi avvicino.

«Sta deliberando» mi dicono a bassa voce.

«Che cosa?» faccio io.

«Sta deliberando» ripete Ottavio, scandendo le parole.

Già al nostro primo incontro ho sospettato che Ottavio fosse il più cretino di tutti. Poi me ne sono convinto sempre di più e per questo lo temo. Sembra una specie di sacrestano, sempre con lo stesso vestito marrone e certe improbabili cravatte di lana o di flanella. Il motivo per cui ricopre un ruolo così importante è dovuto al fatto che, prima di morire, suo padre era ospite delle patrie galere, in regime di 41 bis. Per questo ha fatto carriera ed è diventato un funzionario con potere di firma, anche se, ovviamente, non firma mai nulla. Per lui il senso di responsabilità coincide con la scelta di non prendersi alcuna responsabilità. Magari ha paura di finire in galera come il padre, ma certo non sarebbe in grado di sparare a qualcuno. Suo padre era un altro decerebrato, come quasi tutti i killer di mafia: meri esecutori senza cervello. Non era certo in grado di aiutarlo o di raccomandarlo, vista la disagevole posizione in cui si era venuto a trovare. Ciò non toglie che i politici siciliani, e molti siciliani in generale, nutrano una forma di rispetto mista a timore nei confronti di questi soggetti e, sia pure indirettamente, se ne prendano cura. Li tengono buoni. Così adesso Ottavio è uno dei più anziani ed è arrivato a essere il capo dell'ufficio contratti. Il suo profitto è sempre stato disastroso, ha provocato danni per migliaia di euro, ma leccando il culo di tutti i dirigenti che si sono succeduti negli anni è sempre riuscito a farla franca.

«Il commissario si riunisce da solo in camera e delibera» aggiunge. Quando parla si piega leggermente sul busto come un automa. Se non fosse così imbecille, sarebbe anche buffo, persino simpatico.

«Ma come, si riunisce da solo? Mi prendi per il culo? Che cazzo vuol dire "si riunisce da solo"? Se uno fa una riunione non può essere solo.»

Ottavio alza gli occhi al cielo, ma ha un sorriso sornione. Sa qualcosa, magari qualcosa che riguarda me. Me ne vado nella mia stanza, mi sono già disgustato abbastanza.

In realtà Gerbino stava semplicemente stilando la revoca del mio mandato, che adesso Ottavio appoggia sulla mia scrivania con un'aria commiserevole, ma senza riuscire a nascondere il piacere di porgermi questo piatto avvelenato.

Do un'occhiata al foglio e poi glielo tiro in faccia: «Ma che cazzo revoca? Io ho un contratto di diritto privato, semmai si può rescindere, ma non unilateralmente. Coglione tu e lui».

Ottavio non riesce a trattenere il sorriso. Raccoglie il foglio da terra, lo rimette sulla mia scrivania ed esce. Voltandomi le spalle dice piano: «Te ne devi andare».

È già stata organizzata una conferenza stampa a cui io non sono stato invitato. Rimango in ufficio. Mi sento bruciare qualcosa dentro, come se avessi la febbre, la rabbia mi offusca il cervello e mi impedisce di pensare. Sono tentato di andarci lo stesso, ma ho troppa paura di esplodere e di compromettere tutto, perdere anche la dignità e mettermi dalla parte del torto. All'improvviso mi alzo, convinto di andare a spaccargli la faccia, così, direttamente, senza neanche ascoltare cosa stiano dicendo. Ma poi, per fortuna, decido di uscire passando dalla porta dei camerini. Non c'è nessuno in giro, sono tutti alla conferenza stampa. Inutile dire che nessuno di loro avrebbe dovuto né potuto prendere parte a una conferenza stampa, che, in quanto tale, è riservata ai giornalisti. Inoltre, il teatro dovrebbe continuare a funzionare, anche se la dirigenza decide di fare a meno del suo direttore artistico. Fantascienza. Qui è tutto un gioco, ogni scusa è buona per parlare e per perdere tempo. Tramare, ordire complotti, agguati, depistaggi è il loro unico passatempo. Questa conferenza stampa è come un evento pornografico o un film dell'orrore, insomma è proprio l'unico spettacolo che si addice al loro gusto.

Cammino lungo la linea del mare mentre sono al telefono con Giuseppe. «Ma stai scherzando? Non lo possono fare. Ci vuole il tuo consenso e pure la firma del presidente» mi dice.

«Il presidente non c'è più da quando è arrivato il commissario.»

«Sì, ma il responsabile legale è ancora lui. Il presidente presiede il Consiglio di amministrazione ma è anche il presidente del teatro, quindi anche se il commissario sostituisce il Consiglio di amministrazione, lui è ancora presidente del teatro e responsabile legale, perciò le delibere del commissario le deve firmare lui, soprattutto se si tratta di provvedimenti così importanti, come il licenziamento del direttore artistico... Hai capito?»

«Non lo so... però ho capito che mi può licenziare, giusto?»

«Assolutamente no. Ho detto che *non* ti può licenziare, ma che se fa un provvedimento che riguarda la direzione artistica o un qualsiasi altro organo del teatro, deve controfirmarlo il presidente, qualsiasi esso sia.»

«È stato lui a chiedermi di fare il direttore artistico. Spero che non firmi.»

«Compare, stai tranquillo, sei in una botte di ferro.»

«No, non sto tranquillo...»

«Va bene... allora passa allo studio e portami il contratto, così ne parliamo a voce.»

Lui è sempre gentile e vuole aiutarmi, ma non credo che la ragionevolezza, la competenza e l'intelligenza stessa siano utili in una situazione del genere. Il confronto avviene su piani diversi. Non c'è dialogo, non c'è dialettica, e soprattutto non c'è politica. È come un duello, un coacervo di questioni personali che si intrecciano fra loro, dando vita a una trama ingarbugliata, priva di senso, in cui si può soltanto rimanere imbrigliati. Ho un vuoto dentro. Sono totalmente impaziente, vorrei risolvere tutto subito. Ma quello che mi piacerebbe di più sarebbe trovare un cavillo per denunciarli, un modo per mandarli in galera.

Alla conferenza stampa, Enzo e Gerbino non hanno detto neanche una parola su di me. Non hanno neanche fatto il mio nome. «A causa di una necessaria *spending review*, il direttore artistico deve essere assunto a titolo gratuito.» Era la prima cosa che mi aveva detto Enzo: «Non ci sono soldi». È la scusa più facile da usare per risolvere qualsiasi problema, almeno dal loro punto di vista. I soldi per gli appalti, che Enzo voleva far vincere alle ditte dei suoi amici, c'erano eccome. Quando, invece, non vogliono fare una cosa, e vogliono far fuori qualcuno, la scusa è sempre la stessa: non ci sono soldi. In ogni caso mi hanno fottuto. Hanno deliberato la revoca e me lo hanno comunicato. Non posso fare niente, neanche ricorrere al tribunale. Non ci sono reati, violazioni esplicite della legge, niente. Solo bugie, impossibili da dimostrare, da denunciare. È tutto vero quello che mi ha detto Giuseppe: la motivazione della *spending review* non è valida e lo stesso commissario, date le sue funzioni, non potrebbe, in alcun modo, prendere quel genere di decisione. Però lo hanno fatto. Hanno già annunciato alla stampa la revoca del mio incarico e stanno per varare una "manifestazione di interesse" per il nuovo direttore artistico "a titolo gratuito". Intanto, i giornalisti si sono dimenticati della denuncia alla Corte dei conti e stanno già titolando sulla crisi economica del teatro, lasciando intendere che io ne sia la causa.

Arrivo allo studio di Giuseppe. Sono sicuro che almeno lui mi conforterà e poi mi offrirà un aperitivo. Un modo per dare un senso alla serata, dopo una giornata così di merda.

«Tu mi capisci, la città è piccola, non è che io mi posso mettere contro Enzo...»

«Perché? È un mascalzone, lo sanno tutti, si sbranerà il

teatro e ha già cominciato a dare appalti ai suoi compari...» Prendo il foglietto che mi ha dato Enzo con su scritto il nome di Previti: «Guarda! Questo me lo sono conservato apposta. Come cazzo fai a giustificarlo?».

«Non lo sto giustificando, è solo che non mi voglio mettere contro di lui.»

Non riesco a dire più niente. Mi viene in mente il vecchio Zizza. A quest'ora sarà morto. Zizza avrebbe subito ricollegato il motivo per cui Giuseppe non può mettersi contro Enzo. Forse sono lontani parenti o hanno interessi in comune, magari i figli escono insieme. Qualsiasi cosa sia, è la solita omertà, pigrizia e insicurezza che ci rende vili.

Da questo momento dovrei iniziare una guerra che, francamente, non so neanche su quale campo di battaglia potrebbe essere combattuta. Finalmente prendo la decisione giusta e me ne vado.

# XXX

## GLI SCHIAVI

Le decisioni si pagano. La velocità di esecuzione è puro genio. Ma accade di rado. È più facile che le decisioni siano foriere di dubbi e di angosce. Infatti, l'insana decisione di andare a prendere Zizza mi stava angosciando immensamente, mentre ero sulla via del ritorno. Avevo usato la macchina dell'istituto ed ero terrorizzato che padre Alessandro mi scoprisse. Ormai facevo tutto di nascosto. Ma di nascosto da chi? Tutti sapevano tutto, anche prima che accadesse. In quel momento, però, pensavo solo a padre Alessandro, perché era veramente severo e ci teneva che ognuno si comportasse bene. Me lo aveva già dimostrato e non avrebbe esitato a punirmi nuovamente se si fosse accorto che ero uscito senza permesso.

All'arrivo in istituto non vidi però nessuno in giro, per fortuna. Parcheggiai la macchina e feci per scendere. Proprio in quel momento sentii bussare al finestrino di destra. Cazzo, era lui! Lo guardai pensando: *Cosa si inventerà per farmi stare peggio di così?* Abbassai il finestrino. Ero pronto a confessare ma lui aprì lo sportello, si sedette e disse: «Andiamo». Senza neanche guardarmi in faccia. Io partii aspettandomi un cazziatone. Lui invece continuava a indicarmi la strada. Non disse altro. Solo dopo un po' cominciai a chiedermi dove stessimo andando. Non era una di quelle strade che facevamo di solito. Ci trovavamo all'inferno. Nella casba di ogni città siciliana che si rispetti.

«Padre, ma lei lo sa dove siamo?»

«No, io non sono di qua. Tu lo sai dove siamo? Mi hanno detto che la strada è questa. Sempre dritto fino a sotto la montagna, lungo il torrente. È questa, no?»

Non volevo replicare, perché avevo paura che improvvisamente potesse arrivare il rimprovero che aspettavo. Ci avvicinammo a una piccola traversa e lui disse che doveva essere di là: «La traversina dopo il distributore, mi ha detto don Fabio».

«Don Fabio?» feci io.

Lui mi guardò e disse che stavamo andando dai genitori di Andrea. Quindi esistevano, eccome! Zizza si era fatto fregare, mi aveva detto che non ce n'era traccia. Non ebbi il coraggio di commentare, tanto ormai eravamo arrivati. Era una casetta modestissima, con i mattoni a vista e senza campanello. Bussammo alla porta. Il padre venne ad aprirci. Secondo me, non aveva più di quarant'anni, ma ne dimostrava settanta. Aveva il volto scavato dalla fatica, ma anche dall'inedia.

«Sono il direttore dell'istituto» disse padre Alessandro e poi mi presentò come il suo assistente, gettandomi uno sguardo per farmi capire che non voleva perdersi in chiacchiere.

L'uomo ci fece sedere e andò ad avvertire la moglie. Ero

teso, non meno di padre Alessandro. Aspettavo la sua prima mossa e non riuscivo a immaginare a cosa stesse pensando.

Poco dopo il padre di Andrea tornò, mentre dalla cucina cominciava ad arrivare l'odore di caffè. «*U picciriddu cadiu 'nta trumma di scali... e su rumpiu u coddu, 'nnuccenti*» disse d'un fiato, come se stesse rispondendo a una domanda che nessuno gli aveva fatto.

Padre Alessandro mi guardò spaesato.

«Dice che il bambino è caduto dalla tromba delle scale e si è rotto il collo» tradussi io.

«Ma ha detto che è innocente? Cosa vuol dire?»

«No, padre, *'nnuccenti* si dice di un bambino, come per dire che è puro, innocente, appunto. È solo una forma dialettale per chiamare i bambini.»

A quel punto padre Alessandro gli chiese perché non avessero sporto denuncia ai carabinieri, perché non avessero preteso un'autopsia, date le circostanze della morte. Ma quelli non capivano niente. Sia il padre di Andrea sia la moglie, che ci stava servendo il caffè, lo guardavano indifferenti. Molto banalmente non conoscevano l'italiano e qualsiasi parola, anche la più semplice, che usciva dalla bocca di padre Alessandro gli rimaneva oscura. All'improvviso ci guardarono con gli occhi sbarrati e dissero in coro: «*I carabbineri?*». E lui aggiunse: «*Io non trasia mai 'nto tribunali, mancu ppi testimoni!*».

«Dice che lui non è mai entrato in un tribunale, neanche per fare il testimone. È un modo per dire che è una persona onesta.»

«Sì, ma che c'entra?»

«Non c'entra niente. Poi glielo spiego, padre.»

Senza aggiungere altro, l'uomo ci disse di bere il caffè e

di andarcene. Ma padre Alessandro era sempre più nervoso, un pesce fuor d'acqua, proprio come quando si doveva confrontare con tutto quello che succedeva lì, all'infuori del mondo dei sordomuti. Forse sperava che io lo aiutassi. Mi guardava e sentivo che mi stava chiedendo di fargli capire. Ma io glielo avevo spiegato che eravamo all'inferno. Di colpo guardò in faccia quell'uomo e gli disse: «E se non fosse stato un incidente? Se vostro figlio fosse stato ucciso?».

Quello rimase a guardarlo fisso negli occhi, mentre la moglie, con una voce dolce, sussurrò: «*Patri... annatibbinni e lassatini 'nte nostri disgrazie...*». Sembrava che volesse accarezzarlo, ma non avrebbe mai osato.

La guardai negli occhi, forse perché mi aspettavo che si commuovesse, che piangesse. Invece no. Abbozzò un sorriso di compiacenza quando padre Alessandro decise finalmente di congedarsi. Poi guardai il marito, ma lui era vitreo, inespressivo. Sapevo perfettamente che padre Alessandro non avrebbe detto una parola per tutta la strada di ritorno, fino all'istituto. Neanche io dissi niente. Mi veniva da piangere. Ma non per pietà, bensì per il disgusto e la disperazione. Non puoi odiare un disgraziato, è vero. Ma questi disgraziati, i nostri disgraziati, gli sventurati di questa terra di tragedie, hanno fatto una scelta. Proprio come se fossero attori, interpretano un personaggio perdente, sottomesso, disperato. Sono loro a volerlo, e credo che quello sia l'unico modo che conoscono per esistere e comunicare. Accettano di essere sottomessi, schiavizzati e sfruttati perché hanno paura di perdere quel poco che hanno. Ed è per questo che io li disprezzo. Mi dispiace. Perché non hanno niente, anzi, meno di niente. Di che cazzo hanno paura?

Fremevo. Padre Alessandro aveva detto a quell'uomo che

il figlio poteva essere stato ucciso. Strano. Non lo aveva mai sospettato. Lo lasciai in istituto e me ne tornai a casa a piedi, pensando e ripensando a quell'incontro e al perché padre Alessandro era voluto andare a trovare quei poveri disgraziati. Cercavo di rimettere a posto tutti i tasselli della storia, almeno quelli che conoscevo, e intanto fumavo una sigaretta dopo l'altra. Alla fine, mi venne in mente che poteva essere stato Giulio a rivelargli qualcosa, quando li avevo visti chiudersi in direzione, da soli. Magari non gli aveva solo detto di Rosario, così come padre Alessandro mi aveva riferito. Forse era stato lui a suggerirgli di andare dai genitori di Andrea e confrontarsi con Zizza. Non riuscivo a raccapezzarmi. Era troppo complicato. Solo due cose mi apparvero chiare: Giulio era diventato oltremodo insicuro, magari sapeva la verità e non riusciva più a tenersela dentro. Padre Alessandro, invece di parlare con Zizza, si era, come al solito, confidato con don Fabio, mandando tutto a puttane. Il solo fatto che Giulio avesse parlato privatamente con padre Alessandro era uno sgarro imperdonabile. Don Fabio stabiliva le regole ed emetteva le condanne. E se era stato Giulio a instillare il sospetto in padre Alessandro, la sentenza sarebbe stata una sentenza di morte, commutata in abbandono. Ma c'era una buona notizia: finalmente anche padre Alessandro aveva cominciato a dubitare. Non di qualcosa, ma di tutto. Proprio come me.

# XXXI

## IN AEREO

Giuro a me stesso che non tornerò mai più in questo posto di merda. Sarà la millesima volta che lo dico, ma devo mantenere questo proposito. Mi sto prendendo in giro. Lo so da sempre che qui non si può fare niente, sennò non me ne sarei mai andato. Chi rinuncerebbe a tutta questa bellezza se il prezzo da pagare non fosse così alto?

Dal finestrino dell'aereo vedo la maestosità dell'Etna con la cima innevata che si allontana. Poi la costa piena di luce, con il mare che brilla. E mi sembra di vedere la mia vecchia Renault con cui giravo per ore, senza meta, con la musica al massimo e l'ultima ragazza da conquistare seduta accanto. Il sole, il caldo e quel sapore di sesso che la terra emana. E poi le luci sul mare di notte. La mente libera della giovinezza, senza scadenze, ingiustizie, traguardi. Niente. Solo lei, la Sicilia, sempre volgare e assassina, ma mascherata di bellezza. L'attrazione che mi riporterà lì è iniziata subito, prima ancora che me ne sia andato davvero. Ma non tornerò. Almeno, non tornerò a lavorare lì e in quel teatro. Lo escludo.

Accanto a me è seduto un tipo che lavora a Lubiana. Mi sta raccontando tutta la sua vita. Però tutto sommato lo ascolto volentieri. Mi sento meglio, perché mi sto allontanando dalle mie frustrazioni. Poi mi chiede di cosa mi occupo e io sto per dirgli che mi hanno appena buttato fuori da un teatro e che non so che ripercussione questo potrà avere sulla mia vita. Insomma, dovrei confidargli di essere in un momento veramente di merda. Ma non mi va. E soprattutto me ne vergogno, perché sento il sapore della sconfitta sul mio terreno di gioco, la vanità provinciale che mi insegue anche mentre mi allontano da quel posto imprecisato a più di ottocento chilometri l'ora. «Sono un attore» rispondo.

«E in quale teatro lavora?» fa lui.

Cazzo, me lo vuole far dire per forza? Ma resisto. «Non è che un attore lavora in un teatro in particolare.»

«Ah, non venite assunti dai teatri?»

«No, guardi, neanche per sogno... Nessun teatro italiano potrebbe permettersi di assumere gli attori come se fossero degli impiegati... sarebbe un costo stratosferico.»

«A Lubiana tutti i teatri assumono gli attori a tempo indeterminato. Non hanno stipendi da favola, questo sì, ma godono del rispetto di tutta la città. Loro dicono che gli attori, i musicisti e tutti gli artisti sono il patrimonio culturale della città.»

Non avrei mai immaginato che questo signore mi avrebbe detto questa cosa proprio in questo momento. Ha come segnato la separazione di un mondo. Io vengo da un luogo oscuro, un teatro dove il teatro è solo un espediente, una scusa, un mezzo per realizzare movimenti "politici", giri di denaro, equilibri di potere, mentre lui mi parla di un pensiero sano, civile, una mentalità che coniuga la cultura con il lavoro, fino a farne vanto della città stessa. Vorrei chiedergli cosa ne pensa della decisione di Gerbino di nominare un direttore artistico "a titolo gratuito". Altro che patrimonio culturale della città! Da noi un attore o un regista di teatro può essere popolare, famoso, apprezzato, ma sarà sempre considerato un guitto, uno straccione che vuole essere pagato per fare il pagliaccio, uno che si alza tardi la mattina, beve alcol, si droga e alla fine non fa un cazzo. Ma non ho voglia di continuare questa conversazione e non ho voglia di ripensare a tutte queste cose. In più, stiamo per atterrare a Roma e c'è un temporale. Appena l'aereo comincia a scendere nella turbolenza, il terrore gli toglie la parola, mentre io finisco il mio caffè e mi sento così di merda che non me ne frega un cazzo neppure se ci andiamo a schiantare.

All'atterraggio trovo un messaggio su WhatsApp con il link di un articolo di giornale che annuncia la nomina del nuovo direttore artistico. È una donna. Il che, obiettivamente, potrebbe sembrare addirittura un passo in avanti. Invece è solo un trucchetto di Gerbino, perché la signora non è altro che una ex pulzella di "famiglia influente" che si diletta della materia nei salotti cittadini. Una signora che, come direbbe Diderot, "sa della dama, degli scacchi e del teatro tutto ciò che si può sapere, ma non sa giocare e non sa recitare". Una donna benestante, moglie di un marito benestante, che può permettersi un incarico a titolo gratuito al solo fine di appagare la propria vanità e di esercitare potere. Per i politici, i funzionari e i dipendenti è una figura ideale, facile da manovrare e da accontentare. Lei trasferirà il suo salotto tra gli uffici e i foyer del teatro, ospiterà spettacoli patinati e di grande successo, per farsi i selfie con gli attori famosi e metterli sulla sua pagina Facebook, perché tanto quella del teatro non funzionerà mai.

Devo scacciare questi pensieri, prima di tutto da dentro di me. Devo razionalizzare, capire che questa è una grande occasione per tirarmi fuori da una situazione che poteva solo portarmi verso un binario morto. Ma queste sono solo parole, buoni propositi del passato che si sono trasformati in rabbia e frustrazione. Ho perso forza e lucidità. Sono in ginocchio, davanti a Enzo e a Gerbino. Gente di passaggio che, al massimo, distruggerà un teatro, come fanno tanti altri. Per giunta, un teatro così malato da meritarsi questa punizione. Un teatro dissacrato.

# XXXII

## SENZA REGOLE

Che cos'è sacro? Cosa vuol dire sacrificare, cioè *sacrum facere*? Mi sembrava che padre Alessandro avesse una gran voglia di immolarsi sull'altare di quella colossale ingiustizia.

«Conosci Simone Weil?» mi chiese. Io scossi il capo. «L'unica fonte del sacro è il bene. Solo il bene e ciò che a esso è relativo è sacro.»

Non voleva accettare che fosse tutta opera di don Fabio e niente riusciva a convincerlo, anche se era ancora sconvolto dall'incontro con i genitori di Andrea. Quei poveracci erano stati ben istruiti su cosa dire riguardo alla morte del figlio e sicuramente erano stati pagati con così pochi soldi che sarebbe stato impossibile dimostrarlo. E benché ormai si fosse convinto che qualcuno volesse fargli del male, padre Alessandro continuava a rispondere con il bene. Era la sua unica arma e certamente la più giusta. Ma non in quel posto. Intanto, io non avevo capito niente. Giulio sapeva che i lavori di ristrutturazione erano l'unica cosa che interessasse a don Fabio e che, per questo, avrebbe sacrificato tutti, compreso lui. Lo aveva detto a padre Alessandro quella mattina in cui si erano chiusi in direzione. Altro che Andrea e Ciccio, altro che Zizza. Gli aveva parlato solo dei cazzi suoi, sperando che l'altro lo aiutasse. E infatti padre Alessandro era andato subito a dirlo a don Fabio, compiendo involontariamente due errori in una volta. Aveva tradito Giulio, a cui non era permesso parlare con nessuno se non con il suo padre putativo, se così lo si poteva chiamare, e aveva allertato don Fabio che qualcosa si stava muovendo.

«Ma perché, padre?» gli chiesi. «Perché ne ha parlato giusto con don Fabio?»

«Perché avevo un sospetto.»

«Un sospetto?»

«Ho pensato che Giulio potesse avere qualche responsabilità o che sapesse qualcosa riguardo ad Andrea... Mi sembrava strano che fosse venuto a parlarmi dei suoi problemi di lavoro. Fino a quel momento non mi aveva mai rivolto la parola. Ma ho solo chiesto a don Fabio di fare qualcosa per lui, per non fargli perdere il lavoro.»

«Lo ha detto lei... a Giulio interessa solo non perdere il lavoro.»

«È quello che mi ha risposto don Fabio. E ha aggiunto che Giulio è un immaturo, un irresponsabile, che è venuto il momento di crescere anche per lui. E poi mi ha consigliato di andare a trovare quegli sventurati. Mi ha detto che avrei capito meglio ogni cosa.»

Ovviamente don Fabio lo aveva spedito da quei poveracci solo per sfiancarlo ulteriormente, per confondergli le idee. E io lo avevo visto con i miei occhi. Sembrava che gli mancasse il respiro mentre cercava di capire le parole incomprensibili di quel vigliacco del padre di Andrea.

«Quell'uomo, padre, ha venduto suo figlio per un piatto di lenticchie. Quelle sono persone senza speranza, che si possono manovrare facilmente. Pane per i denti del suo mentore del cazzo!» Lo guardai imbarazzato. Sapevo che non avrebbe gradito quell'espressione.

Aveva gli occhi di chi non è riuscito a dormire neanche un minuto. Però nella confusione della sua mente si stava muovendo qualcosa, il che mi faceva sperare che, intelligente com'era, avrebbe finito per capire. «Non parlare così» disse, come se stesse per rivelarmi qualcosa che io non sapevo. Invece rimase in silenzio a osservare la pioggia che batteva sempre più forte sul parabrezza della nostra auto. Quando arrivava un temporale, le strade si trasformavano in *ciumare*, come si diceva dalle nostre parti. Il traffico si bloccava e io e padre Alessandro rimanevamo a lungo in macchina senza dire una parola. Cazzo! Io adoravo la pioggia e me la sarei goduta quella passeggiata in macchina, magari con un po' di musica. Era pure venerdì! Invece ero angosciato, anzi, per essere più preciso, letteralmente terrorizzato. Non ero mai stato così vicino a una cosa talmente orribile. Avrei pagato qualsiasi cifra per un giorno di normalità, di noia giovanile.

Padre Alessandro ricominciò a parlare soltanto quando rientrammo in istituto. «Don Fabio partirà domani sera» mi disse. Poi scese dalla macchina.

*Sì, padre*, pensai io, *ma lo sapevamo già. Solo che adesso siamo punto e daccapo.*

Intravidi Zizza allontanarsi a piedi. Non potevo andargli dietro, si sarebbe incazzato. E poi dovevo rientrare, perché l'orario scolastico stava per terminare.

In mensa si respirava un'aria strana. Mentre camminavo tra i tavoli sentivo rimbombare nella testa quella frase della madre di Andrea: "Andatevene e lasciateci nelle nostre disgrazie". Solo Giulio sorrideva. Ma quando era con i bambini sorrideva sempre.

«Che fai qua, *stronzobbiettore*? La portineria è chiusa?»

«Il direttore mi ha detto di venire a darti una mano.»

Vidi entrare padre Alessandro, sempre più scuro in volto.

«Lo sai che lo stanno fottendo?» mi disse Giulio a bassa voce, e poi mi guardò negli occhi.

«Chi stanno fottendo?»

«Il tuo direttorino sciupafemmine. Zizza ha trovato un rasoio in camera sua e pare che Andrea sia stato ucciso con quel rasoio, prima di essere buttato giù dalle scale.»

«Pare che Andrea sia stato ucciso con un rasoio? Ma che cazzo dici? Stai dicendo che padre Alessandro ha ucciso Andrea? Sei deficiente, Giulio?»

«No, tu sei deficiente, *stronzobbiettore*. Io sto solo dicendo che lo vogliono fottere. Qualcuno ha nascosto un rasoio da barbiere nella cupoletta di vetro del suo lampadario. La signora delle pulizie dice che, mentre Zizza stava guardando dentro la stanza di padre Alessandro, è iniziato il temporale, ha acceso la luce e l'ha visto.»

«Scusa, ma che cazzo ci faceva Zizza nella stanza di padre Alessandro? Aveva un mandato di perquisizione?»

«Scusami tu, detective... ma non credo che nessuno gli abbia chiesto il mandato. Siamo in Sicilia, coglione, anche la polizia fa quello che cazzo vuole. Almeno giocano ad armi pari.» Poi si alzò e continuò a occuparsi dei bambini.

Era logico che si sarebbe arrivati a questo. Don Fabio era venuto per rimettere le cose a posto e per continuare a governare il suo feudo, ma il pretino del Nord gli aveva scombinato i piani e quindi lui aveva deciso di distruggerlo. La cosa che mi sorprendeva era la naturalezza con cui lo faceva. La perfetta amoralità delle sue azioni. Prima o poi, mi dissi, avrebbero affrontato di petto anche me e mi avrebbero messo con le spalle al muro.

Cercai con lo sguardo il direttore, ma lui era già andato via e io non avevo più voglia di tentare di convincerlo. Non sapevo neanche di cosa avrei dovuto convincerlo. Giulio non mi aiutava e adesso non capivo più neanche Zizza. Perché era andato a perquisire la stanza di padre Alessandro se sapeva benissimo che non c'entrava niente? Ero certo che anche lui fosse convinto che solo don Fabio avrebbe potuto uccidere quel bambino sordomuto indisturbato e a sangue freddo. E poteva uccidere anche me, facendolo sembrare un incidente. Ero talmente insignificante che tutto si stava svolgendo davanti ai miei occhi come se non esistessi. Questo me lo disse Zizza. Fu l'unica cosa cattiva che gli sentii dire da quando lo conoscevo.

Nel pomeriggio ero andato a trovarlo in Questura, perché ormai ero troppo spaventato e smaniavo per capirci qualcosa, magari per trovare un modo di scappare, il che non era comunque possibile perché, di fatto, ero un militare e mi avrebbero mandato i carabinieri a casa per farmi tornare in servizio. Mi accorsi che Zizza era di un umore diverso dal solito, come se il cronico disincanto fosse svanito all'improvviso. «Sono andato nella stanza di padre Alessandro perché ero sicuro che avrebbero fatto questa stronzata di metterlo in mezzo. Ero sicuro che avrebbero lasciato qualcosa... ma non credevo che lo avrebbero fatto in quel modo... non con un indizio così di merda!» Tirò fuori il rasoio dalla tasca e lo buttò sul tavolo. «È un modello professionale. Questo si compra in armeria, non dal tabaccaio o dal profumiere. Ti immagini padre Alessandro che si fa la barba con quest'arma impropria?»

Io fissavo il rasoio, guardandomi bene dal toccarlo e, in effetti, era enorme e sembrava nuovissimo. «Commissario, ma questa è una prova... e lei la tiene in tasca?»

Lui prese il rasoio e disse: «Questa non è una prova, questa è una stronzata con cui mi volevano fottere. Occhio per occhio, dente per dente. Non dice così la loro Bibbia? Se tu vuoi fottere me, io fotterò te!». E gettò il rasoio nel cestino della spazzatura senza neanche alzarsi. Altro che film americano, qua ognuno faceva come cazzo gli pareva, non c'era una logica, un appiglio. Non c'erano regole, ecco. Proprio quelle regole che avevo sempre odiato adesso mi mancavano come l'aria e mi sentivo veramente oppresso. La regola di famiglia, la scuola, l'università, il militare. Le regole che odiavo in quel momento sarebbero state un punto d'appoggio. Non lo avevo ancora capito, ma avevo bisogno di disciplina, e quindi di onestà e di giustizia. Non mi andava neanche che Zizza facesse come cazzo gli pareva. Tutti violavano le regole perché sapevano che nessuno avrebbe mai voluto scoprirli. Era questo l'accordo e riguardava tutti. Pure me.

# XXXIII

## L'ARTE DELLA GUERRA

Sorpresa! Il presidente non ha firmato il mio licenziamento e quindi sono ancora in carica. Giuseppe aveva ragione. Sicuramente non lo ha fatto per me, ma per vendicarsi di Gerbino. Che pure è solo un esecutore. Avrebbe dovuto prendersela con Torrisi. Ma Torrisi è inarrivabile per uno come lui, quindi avrà fatto questo sgambetto a Gerbino per mandargli un messaggio.

«Che ti avevo detto, compare? Non c'era bisogno di fare casino, di rompere i coglioni a Enzo... È andato a sbattere da solo.»

«Giuseppe, io non torno. Se mi vogliono devono chiamarmi loro... e devono darmi garanzie vere sullo spettacolo perché non posso tornare per fare un'altra figura di merda.» Mentre parlo mi sale già una specie di eccitazione infantile, una voglia irrefrenabile di combattere un'altra battaglia persa. So benissimo che non mi chiameranno mai e che se anche mi dessero delle garanzie non avrebbero alcun valore. Comunque, riesco a convincere Giuseppe e lui mi dà ragione. Devo aspettare. Sembra essere tornato quello di prima, il mio amico, non quello stronzo che mi aveva detto che non poteva farsi nemico Enzo, senza neanche spiegarmi perché.

Però non avevo messo in conto la telefonata di Evelina: «Quindi adesso devi tornare, tesoro...».

Mi ha chiamato *tesoro*? Penso proprio di sì, ma il tono non era quello di un "tesoro" come un altro... o tipo *gioia*. Non era neppure dolce, o sensuale. Era materno, protettivo, ma sempre di un realismo agghiacciante.

«No, Evelina, se non mi chiamano loro e...»

«E se non ti danno delle garanzie...»

«Esatto.»

«Nessuno ti darà garanzie, qui si vive alla giornata, si naviga a vista. Non lo hai capito?»

«E a te piace?»

«Tutto sommato sì... Mi so districare.»

«Io no. Anzi, mi sento oppresso.»

«È solo perché Gerbino ti ha fatto quella carognata...»

«Sì, è proprio per quello... e anche perché Enzo mi ha fatto saltare lo spettacolo, oltre ad avermi sputtanato pubblicamente. Mi spieghi cosa vengo a fare?»

«I giornali non sputtanano nessuno. Oggi dicono una cosa e domani il contrario. Ed Enzo non conta niente, lo sai... Basta una telefonata. Proprio come quella che qualcuno avrà fatto al presidente per dirgli di non firmare la tua revoca.»

Rimango in silenzio per qualche secondo. Mi passa davanti tutta la mia vita e sento di essere più che mai dentro la corruzione che detesto, non quella vera, ma quella miserabile, fatta appunto di telefonate, raccomandazioni, promesse e continui dare e avere di piccolo cabotaggio. «Sei stata tu?» bisbiglio.

«Avevo voglia di vederti. Tu scappi e io faccio quello che posso fare.»

«Non avresti dovuto.»

«Certo, da una parte hai ragione tu. Ma dal mio punto di vista, dipende da quello che deciderai di fare. Se non tornerai, la mia telefonata sarà stata inutile. Altrimenti era proprio la cosa giusta da fare.»

Finalmente me lo ha detto. Apprezzo il fatto che sia stata esplicita. Anzi, mi piace, e mi piace come parla, mi piacciono le cose che dice, la sua amoralità. Ma non mi piace affatto che si intrometta nel mio lavoro. Se stesse veramente parlando d'amore, o anche solo di sesso, senza confondere e mescolare tutto, sarebbe eccitante. Invece così è un casino che mi spinge a essere irremovibile. Anche se ho una voglia sconfinata di cedere alle sue lusinghe e di svelare quel mistero che finge di nascondermi e che, invece, mi svela continuamente. Ma mentre penso a quello che vorrei dirle e a quello che non voglio dirle, lei aggiunge solo: «Ciao», e riattacca.

Il fatto è che Roma non è abbastanza lontana dalla Sicilia. Non parlo dell'ora di volo o delle centinaia di chilometri di distanza, ma del mondo malato che le fa sembrare vicine. Roma è il cuore pulsante dell'orrore burocratico, è la regina del terziario, il paradiso dei farisei. L'unica differenza con la Sicilia è che, invece di andartene a guardare il mare, per non pensarci, ti tuffi dentro i suoi monumenti e dentro la sua storia che non finisce mai. Anche qui serve una via di fuga, e per fortuna c'è. Sto seduto al centro di piazza Mattei, sulla balaustra di ferro che circonda la Fontana delle Tartarughe. Cerco di respirare tutta la storia, l'arte e la potenza dell'uomo che un'opera come questa può trasmettermi, ma non riesco né a liberarmi né a tenere lontano il disappunto e il fastidio per la situazione in cui mi trovo. L'intervento di Evelina ha sconcertato la mia volontà e avrà solo l'effetto di farmi sopportare la sconfitta. Ma non posso accettare che tutto dipenda da una sua telefonata. Lei mi ha instillato la stessa confusione romantica di cui mi ubriaca quel luogo imprecisato. Non so se voglio tornare per finire quello che ho iniziato, oppure perché ho bisogno di lei, che però è solo un conforto. Sono tutte cazzate. Sto solo aspettando una telefonata, ormai da giorni. O la sua o quella di qualcuno del teatro. Insomma, una scusa per ritornare. È l'unica cosa che mi interessa. Non riesco a leggere, a studiare, a pensare a qualcos'altro. E mentre non faccio che aspettare, cerco di convincermi. Penso che quella di Evelina, tutto sommato, non sia una vera raccomandazione. Tanto più che non c'è niente che ci leghi. Magari lo ha fatto perché mi stima. Sì, ecco. Lo ha fatto per questo. Anche la prima sera che mi ha visto, è stata lei ad avvicinarsi. Mi ha detto: "Mi scusi, ma lei non è un attore?". E poi le avevano parlato di me e sapeva che ero un "tipo coerente", mi pare che abbia detto così.

Ma che cazzo dico! Questa è stata pure la moglie di un mafioso! La vanità mi sta divorando. Quando sono tornato mi aspettavo chissà quale accoglienza, ho interpretato l'incarico a teatro come un riconoscimento. Ma di cosa? Adesso è lei che mi attrae, il modo in cui mi seduce spudoratamente, usando proprio quei mezzi che odio, che mi stanno stritolando e che rappresentano tutto quello che allora mi aveva fatto scappare via da lì, e che si ripresentano sempre in forme diverse ma uguali. Mi dico che va bene così, che non mi interessa il suo passato e che, adesso, se una come lei sta scegliendo me vuol dire che almeno sono riuscito a cambiare qualcosa. L'amore non può mai essere un reato. Se l'ha fatto per amore devo accettarlo. Purtroppo, ha i suoi metodi, ma farò in modo che cambino. Perfetto. Questo è senz'altro il ragionamento più coglione, infantile e vile che mi potesse attraversare la mente, cioè quello giusto per trovare la forza di fare questa stronzata. Mi vesto elegante, prenoto un aereo e parto.

Nel frattempo lei non si è fatta sentire e io non l'ho chiamata. Lungo la strada per l'aeroporto telefono a Sonia, una cara amica che non vedo da un bel po'. Le chiedo se le va di venirmi a prendere. Lei è sempre dolce e, anche se ha un casino di impegni, dice che non può perdersi quest'occasione. Ride di gusto. Immagino la sua faccia simpatica e già avverto quell'atmosfera, sento la mia terra che mi attrae come una calamita.

Non c'è niente di meglio di una corposa turbolenza in quota per concentrarsi nella lettura. La paura mi fa concentrare come nient'altro. Capisco meglio quello che leggo e me lo ricordo: "... effettivamente né il contenuto, né la maniera, né i mezzi tecnici, né la testura, caratterizzano un'opera d'arte in modo sostanziale, come fa, invece, la struttura del suo spazio. Al di fuori di questo, tutto il resto può essere definito in una certa misura secondario e accidentale". Ma neanche il genio di questo scrittore russo che sto leggendo, per caso, mi aiuta a capire quanto disequilibrio ci sia nel mio rapporto con il "mio" spazio. Ma chi se ne frega. La turbolenza è finita e stiamo per atterrare. Sonia mi aspetta al parcheggio. Nonostante mi stia districando tra decine di auto e pullman, tra i gas di scarico e il solito casino che c'è qua, mi investe una tempesta di odori inebrianti. Cerco Sonia con gli occhi, ma senza fretta, mi sento improvvisamente bene.

Entro in macchina e prendo a guardarla.

«Che c'è?» fa lei.

«Non ti posso guardare?»

Si mette a ridere e parte. Con lei ci sentiamo spesso per telefono, non ci siamo mai persi e ci vediamo sempre nei momenti importanti. Non so se questo sia un momento importante, ma so che siamo così amici che ci godiamo il viaggio quasi senza parlare. Lei sa che sono in difficoltà e proprio per questo non dice niente. Penso alla solita cosa a cui un uomo pensa quando vede una cara amica e si gratifica di questa amicizia così sincera: perché non siamo mai stati insieme? Che stronzata! Perché siamo amici. Se fossimo stati insieme non saremmo amici! Semplice. Invece, io rimango in quell'idea cretina e continuo a *sconcicarla*: «Ti sei vestita elegante per me?».

«Certo!»

«Non sto scherzando...»

«Neanche io.»

Mi ha fottuto. Non posso più andare avanti, perché mi ha detto la verità e non c'è niente di malizioso.

«Sono contenta di vederti... ne avevo bisogno.»

Ha aperto un altro spiraglio e io ho voglia di giocare. «Non mi avevi mai detto di avere bisogno di me...»

«Mio padre è stato arrestato.»

Porca troia! Rimango di merda e non dico niente. Guardo avanti. Lei sa cosa penso di suo padre. Ormai è un vecchio, ma non ha perso né il talento né la fama da bugiardo. Per anni ha tenuto in pugno una parte significativa della città. Quella cosiddetta di sinistra. La sinistra mafiosa e traffichina, provinciale, accomodante, filogovernativa e salottiera che c'è in Sicilia.

*Fanculo*, penso, *era ora che arrestassero quel bastardo*. Ma non lo dico, per fortuna.

«Conosci la mia opinione, tesoro.»

«Io sono rovinata.»

Sento una coltellata. Lei non c'entra niente e io mi metto a fare il coerente del cazzo e le sputo in faccia tutto il mio disprezzo per suo padre. Ma come si fa a stare in equilibrio in questa merda? Come ti muovi, fai male a qualcuno. Però non posso tornare indietro. Non posso dire più niente. Allora mi rimetto a guardarla e vedo che lei si sente un po' meglio. Certe volte ti accorgi che solo con un po' d'amore, ma solo un po', si riesce a risolvere tutto.

«Mi porti a bere?»

«Logico.» Sorride.

«E Claudio?»

«Ci siamo lasciati.»

«Bingo! Due Negroni!»

«Da Pizzul?»

«Ovvio!»

Pizzul lo chiamiamo così perché, secondo noi, il barman assomiglia a Bruno Pizzul. Ve lo ricordate? Bruno Pizzul è stato il telecronista RAI degli incontri della Nazionale di calcio per sedici anni. Il Pizzul del nostro bar era, invece, il sovrano assoluto dei cocktail di tutta la città, per noi di tutto il mondo.

«Quando torno qua, mi sento improvvisamente piccolo. Piccolo fisicamente, intendo. Come se quelli che incontro mi guardassero dall'alto e mi opprimessero.»

«Non mi sembra... Io vedo che la gente ti ammira. Ti fanno sempre complimenti... e anche questa storia del teatro... Tutti hanno capito che hai ragione tu. Ma tu vuoi che te lo riconoscano proprio quelli che non te lo vogliono riconoscere. Sei testardo.»

«Non è vero. È solo che quelli di cui parli tu sono proprio quelli che comandano e che non fanno succedere niente di buono in questo posto. Anche tuo padre...»

«Mio padre è in galera!»

«Va bene, adesso non litighiamo...»

Meno male, ha accettato. Continuiamo a parlare di cazzate. Poi andiamo a farci un giro in macchina con un po' di musica. Ma è tardi. È tardi per noi, voglio dire, tardi per sentire la musica in macchina, per cercare quell'atmosfera introvabile, seppellita dagli anni. No, non è vero. Basta un pezzo qualunque dalle mie playlist; *Lucky Man* di Emerson, Lake & Palmer, modello nostalgia, oppure quelli di Thutmose & NoMBe, della serie "guarda come me ne intendo di musica anche se ho cinquant'anni".

«Adoro la tua musica.»

Era quello che volevo sentirle dire. Lo diceva sempre e sempre nello stesso modo.

Ho bevuto troppo. Arranco fino alla doccia e, per fortuna, mi addormento subito. Naturalmente ho dimenticato di spegnere il telefono, che mi fa sobbalzare con un messaggio alle 6.51 del mattino. Non riesco a vedere niente, mi gira la testa, più o meno come ieri sera. Poi metto a fuoco e leggo le ultime due parole: "causa civile". Enzo mi scrive accorato, comunicandomi che è molto dispiaciuto perché il commissario ha deliberato che il teatro dia mandato a un avvocato di valutare se ci siano i termini per intentare una causa civile contro l'ex Consiglio di amministrazione e il direttore artistico in conseguenza del danno derivante dalla mancata realizzazione dello spettacolo su *Amleto*. Lui è stato costretto a firmare.

Ma che pensiero gentile! Alle sette del mattino. Praticamente mi sento come se mi avessero svegliato a colpi di mazza da baseball. Non ce la faccio ad alzarmi. Non mi va di andare a correre, cosa che invece mi libererebbe un po' dall'alcol che ho in corpo. Non ho neanche voglia di vestirmi elegante. Esco già perdente, in tuta e con le scarpe da ginnastica. Cammino a testa bassa e con le mani in tasca. Sperando solo di non incontrare nessuno. Chissà se Evelina sa che sono qui. Dovrebbe saperlo, visto che sono tornato per lei.

Arrivo in teatro di buonora ed entro nella stanza di Enzo. Non dico niente. Lui fa un cenno di saluto e mi porge la delibera. Comincio a leggerla, ma poi mi metto a pensare, tenendo inutilmente gli occhi su quei fogli. Mi viene in mente un libro di Meister Eckhart. Non ricordo bene le sue parole, ma mi è rimasto impresso il concetto sorprendente per cui il perdono è garantito a tutti e per tutto, e che tra i peccati mortali, quelli che ci tormentano fino all'ultimo, c'è l'accanimento. Ciò che i pokeristi chiamano "infierire sul perdente"! Quale altro desiderio muove Enzo, se non questo? Vuole che il mio fallimento mi procuri angoscia, che io avverta la paura della rovina economica e sociale. Non è più una semplice vendetta. Non è Amleto, è Riccardo III. Capisco che se la sta proprio godendo, e siccome si sente sicuro e vincente sta per fare un'altra mossa, così, tanto per divertirsi un altro po'. Mi sovviene l'atmosfera di quei giorni all'Istituto per Sordomuti. Mi ricordo di tutto quello che è successo a padre Alessandro e di quel sapore di morte che ho voluto dimenticare. Anche se adesso non vedo né possibili assassini né vittime. Perché non penso a me come a una vittima. Forse sono già morto, e in ogni caso è come se lo fossi.

Mi alzo di scatto.

«Dove vai?»

«Voglio parlare con il commissario.»

«Vieni qua» dice lui. Io mi giro e lo guardo. "Vieni qua", detto in quel modo, con quella cadenza, con quella faccia da impunito, vuol dire: "Parliamone, accordiamoci".

Ma di che cosa dobbiamo parlare? Vuole ricattarmi? O pretende che io avalli i suoi piccoli affari, i favoritismi e tutto quello che gli interessa personalmente? Io non ho più niente da perdere. Pensa che mi arrenda adesso? Dopo che ho già perso la guerra, a che serve arrendersi?

Mi fa un sorriso compiacente. È pronto a scendere a patti. «Enzo, vattene affanculo.» L'ho detto bene, con tono pacato e in dizione. Al massimo, avrei potuto aggiungere un "per favore".

Il commissario mi fa entrare subito. Però mi guarda male, non ha quella facciona allegra da mangione, è più compreso nel ruolo, adesso. Gli chiedo di questa delibera e lui mi risponde a spizzichi e bocconi.

«Mi perdoni» dico, «so che la mia domanda potrebbe sembrare sciocca, ma come può essere che io sia responsabile della mancata produzione dello spettacolo se lei mi ha impedito di portarlo a termine con la scusa dei fantomatici rilievi alla Corte dei conti, la cautela e tutte le altre stronzate?»

«Io le ho suggerito di continuare a lavorare...»

Ormai la prendo a ridere e lui se ne accorge, forse è l'unica cosa che mi dà un po' di forza e di credibilità: «La prego... lei ha detto così in un primo momento, poi ha fatto una delibera, ha spostato le scene, sgombrato la sala prove... mi prende per il culo senza vergogna... Ci sono le carte. Anche se per lei non valgono niente, magari serviranno in tribunale, se veramente porterà avanti questa assurdità».

«Non c'è nessuna delibera...»

«Sì che c'è. Me l'ha fatta leggere Eugenio, ce l'aveva in mano.»

«E lei l'ha letta?»

«Sì. Cioè no, me l'ha letta lui... perché io... Sì, insomma, mi ha detto che aveva sospeso lo spettacolo.»

«Non c'è nessuna delibera, maestro, lo chieda a Eugenio.»

Mi lascio andare contro la spalliera della sedia. Non sono neanche le nove del mattino e non vedo l'ora di tornare a dormire.

«Bene. D'accordo. Non c'è nessuna delibera. È chiaro.»

Non mi sta più ascoltando. Si è rituffato di nuovo sulle carte che ha davanti. Lavora per aumentare lo stipendio a tutti i dipendenti, o almeno finge di farlo, in vista delle elezioni ormai prossime. Poi improvvisamente alza gli occhi e bisbiglia: «Comunque adesso può riprendere a lavorare, di certo saprà che...».

«Che il presidente non ha firmato la mia revoca, certo che lo so. Quindi posso riprendere a lavorare... Che importa che lei continui a fare denunce contro di me, cause contro il Consiglio, che mi ha sputtanato sui giornali...»

«I giornali scrivono quello che vuole il potere, questo lei lo sa... La propaganda, il potere e il popolo sono un tutt'uno... è l'autorità che conta. Un esperto di Shakespeare come lei dovrebbe saperlo... Giulio Cesare, se non sbaglio...»

Torna a stupirmi con queste divagazioni colte, che sono in contrasto con l'aspetto e la rozzezza mentale che dimostra in tutte le altre occasioni. Non sono battute improvvisate o recitate. Si capisce chiaramente che è una persona preparata, attenta, che sa adattarsi ai posti in cui viene mandata. Da buon “killer” studia le sue vittime, le loro abitudini, l’ambiente e persino la loro cultura. È certamente più intelligente e preparato in materia teatrale di tutti i dipendenti, compreso Enzo. E sa trasformare ogni cosa che dice in un’arma, che usa come la daga con cui il duellante parava i colpi dell’avversario, per poi accoltellarlo a tradimento se costui si avvicinava troppo. Fa così, mi distrae e poi mi infilza: «Forse quello che non sa, invece, è che ci sono persone in disgrazia, almeno politicamente, che è meglio non frequentare...».

Ho capito che sta parlando di Sonia e di suo padre. Come cazzo fa a sapere che ci siamo visti ieri sera?

«Mi fa seguire?»

Ha lo sguardo freddo di un criminale. «No, non la faccio seguire. C’erano i figli di Enzo, al bar... come lo chiamate voi? “Da Pizzul”?!» E fa un piccolo sorriso, ma un sorriso sadico.

Voglio andarmene, ma non resisto e gli dico un’ultima cosa: «Comunque, io non riprenderò lo spettacolo, commissario. Non posso lavorare così. Non sono un politico. Quelli si portano a cena le ragazze con sei avvisi di garanzia sulle spalle e poi tornano a casa dalla moglie e dai figli. Danno per scontato che la faranno franca, e comunque ci sono abituati. Io sono una persona normale e per me sapere di poter essere oggetto di una denuncia è peggio di una condanna passata in giudicato, anzi somiglia più a una condanna a morte. Non riesco a pensare, è come se avessi un muro davanti agli occhi».

Sto sbagliando tutto. Se provo addirittura a impietosirlo, mi offro a lui come un agnellino.

«A me non interessa quello che fate. Io controllo che i conti siano in ordine.»

In quel momento il mio telefono si mette a vibrare. Ce l'ho in mano e vedo che è Evelina. Anche se lui non può vederlo, mi aspetto che metta in mezzo anche lei. Invece non dice niente e mi guarda in faccia. Io infilo il telefono in tasca, come se fosse l'arma del delitto, e mi alzo per congedarmi. Rimane seduto perché è troppo grasso per alzarsi e probabilmente anche perché vuole ricordarmi che non ha nessun rispetto per me, che io non sono nessuno. In questo modo ottiene l'effetto contrario, perché ferisce il mio orgoglio e io mi incaponisco da idiota quale sono. Cerco il suo riconoscimento anche nelle piccole banalità, come se fosse l'unica cosa importante della mia vita, quando invece potrei uscire di qui, andarmene a scopare con Evelina e continuare a fare il mio mestiere altrove, fottendomene di questo teatro. Però si capisce che gli servo. Ha bisogno di me, come un vampiro del sangue. La mia presenza qui giustifica la sua. Se non ci fossi io il suo compito sarebbe troppo facile. Io sono l'unico che non è riuscito a portare dalla sua parte. Mi ha distrutto e sta cercando di rovinarmi, ma non ha ancora vinto. Finché non mi vedrà in ginocchio a implorare, continuerà a darmi altre "occasioni di contesa", perché sono l'unico trofeo che vuole vincere veramente. Adesso però sono più forte perché, comunque vadano le cose, ho già perso, e queste ultime stilettate e schermaglie non fanno che eccitarmi, come un duellante morente che continua a sferrare colpi nell'aria.

Un'ora dopo sono a cena con Evelina. Devo affogare nel fango in cui mi ha spinto a tornare. Voglio fare quello che dice lei, lasciare che mi protegga, che fotta Gerbino, Enzo e tutti quelli che serve far fuori. Vediamo chi vince, se mi metto anche io dalla parte sbagliata, se accetto la protezione di una donna così potente e determinata, che ha cambiato le sorti di tutti con una telefonata. E non me ne frega un cazzo della morale, del marito mafioso, se era – o è – l'amante di Torrisi. Non me ne frega un cazzo.

«Torrisi è gay» mi dice, per rassicurarmi sul loro rapporto.

«Non lo sapevo... be', non c'è niente di male...» Non so come mi scappa questa stronzata retrograda e imbecille che mi fa sentire una merda. Spero che non ci abbia fatto caso.

Fortunatamente, lei continua: «Però sai che si vanta di essere stato un sindaco antimafia?».

«Be', questo lo so... leggo i giornali...»

«Ecco, non è vero, invece... non è mai stato niente di tutto quello che dicono. Aveva la scorta, questo sì. Ma sai perché? Si era innamorato di un ragazzo di trent'anni, di buona famiglia. Una di quelle famiglie che gestiscono gli appalti di mezza Sicilia. Poi, all'improvviso, lo ha scaricato per un altro. Allora il ragazzo si è confidato con la madre, che sapeva tutto. Da buona madre premurosa, lei gli ha suggerito di rivolgersi a certi scagnozzi che frequentavano il cantiere di suo padre. Gli hanno sparato un colpo di pistola a due metri di distanza. Ma lo hanno mancato. Probabilmente volevano spaventarlo. Comunque, era solo una storia d'amore...» Mentre scandisce la parola "amore" fa un piccolissimo sorriso che mi distrae completamente. La guardo negli occhi. Lei li abbassa sul piatto e, prima di portare la forchetta alla bocca, aggiunge: «Per questo gli hanno dato la scorta. Ma lui è un grande amico dei mafiosi, lo era anche di mio marito».

Comincio a pensare che pure lei voglia vendicarsi, come

me. Magari si è stufata di stare in questa melma. Magari quello che ho pensato è vero. Vuole cambiare vita e sta usando me per farlo.

Adesso mi sta fissando. Poco fa aveva uno sguardo di disappunto, riferito al marito, poi lo ha cambiato del tutto. «Perché sei venuto a cena con me?»

«Volevi che rifiutassi l'invito?»

«A questo non avevo pensato... Un rifiuto poteva anche essere più intrigante...» E sorride.

Di solito non mi piace che una donna sia così disinibita ed esplicita, ma lei lo fa con una semplicità che la rende incantevole. Parla bene, con una bella voce femminile e ogni parola che dice sembra una battuta ben scritta e recitata altrettanto bene. "Con agilità di lingua." Appunto. "Senza declamare [...] né segare troppo l'aria con la mano [...] trattando tutto con misura [...] riuscendo sempre a mantenere una moderazione che le dia scioltezza." Sarebbe perfetta, se non fosse tutto quello che è.

Mi sono svegliato accanto a lei e non sono neanche le sei del mattino. Avrò dormito due ore. Per fortuna non ho bevuto troppo. Oltre i suoi capelli arruffati c'è una vetrata magnifica da cui si vede il mare. È una casa da ricchi. Di ieri sera non ricordo quasi niente. O almeno, niente di romantico. È stata esplicita anche dopo cena e mi ha portato qui. La guardo da vicino, con la prima luce del giorno. Non ha un difetto. Più mi piace, più mi sembra bella, più sono consapevole che non provo nessun sentimento, neppure una leggera malinconia, un'atmosfera perduta. No, è tutto nuovo e così freddo che non mi dà neanche fastidio. Anzi, mi piace starle accanto e non provare nulla. E sono quasi sicuro che sia così anche per lei. È solo un capriccio o un momento di euforia, di vanità. Niente di più.

Mi giro dall'altra parte e prendo il telefono. Che brutta abitudine. C'è un messaggio dell'agenzia: "È saltato un attore in una produzione a Torino. È un bel ruolo, ma dovresti essere lì entro oggi. Ti mando la sceneggiatura?". Rispondo immediatamente: "Me ne frego della sceneggiatura. Ci vado e basta. Grazie".

È proprio quello che doveva succedere, la scusa ideale per andarmene subito e rinnegare l'idea folle che mi era venuta in testa. Forse lei ci rimarrà male, questo non posso saperlo, ma la scusa è perfetta e l'occasione ghiottissima: vado a lavorare altrove. Tanto più che qui non succede niente e non succederà mai niente.

La sera stessa Evelina si offre di accompagnarmi in aeroporto. Ma non è per quello che c'è stato tra noi. L'ho già detto, qui è tutto un accompagnare gente che parte e che arriva. Del resto, un'isola è come un immenso porto che accoglie e che lascia fuggire tutto. Lungo la strada parliamo di qualsiasi cosa: di politica, di moda e del marito mafioso. "Quel miserabile", lo chiama. Senza scomporsi. Porta un brillante sul collo che, ogni tanto, sfiora con le dita. Devo ammettere che quando mi sorride sembra che voglia parlare d'amore. Ma non lo farebbe mai.

Mentre apro lo sportello, davanti all'aeroporto, mi fa: «Se non ti dispiace, vorrei parlare con Enzo mentre tu non ci sei».

«Preferirei di no. Gli ho detto che sarei partito e che non so quando potrò tornare. Tanto non gliene fotte un cazzo.»

Che cafone! Lei sembra una contessa e io parlo così.

«Non vuoi tornare?»

È chiaro che adesso sta parlando di noi due. Così mi scappa di dire la verità: «Certo che voglio tornare...».

«Per tornare ti serve una scusa, o sbaglio? Un adulto non torna in un posto in cui non vuole stare per una donna.»

Io rido, perché ha terribilmente ragione. «Va bene, ma tu non parlare con nessuno. Non voglio fare parte dei vostri schieramenti, anche perché non ci capisco niente, mi sembra che siano tutti contro tutti.»

«Non è vero che non ci capisci niente. È proprio così. Tutti contro tutti.» E ride anche lei.

È così bella che ci penso per tutto il tempo del check-in. Poi, dopo il decollo, ritorna quel freddo. Guardo fuori dal finestrino e penso che non ho concluso niente. Ma sto bene. Non ci capisco più un cazzo e mi sembra che vada tutto benissimo.

# XXXIV

## I FALSI PROFETI

Allo stesso modo ero sorpreso e confuso per via dell'ormai prossima partenza di don Fabio. Non capivo perché stesse abbandonando Giulio, ma mi consolava l'idea di non averlo più tra i piedi. Senza di lui sarebbe tornata un po' di calma e si sarebbe allentata la pressione su padre Alessandro, che non ne poteva più. Era forte della sua onestà, ma l'accerchiamento e lo sciacallaggio erano arrivati quasi al culmine, e adesso aveva paura anche lui. La paura lo aveva raggiunto subito dopo aver conosciuto i genitori di Andrea. La paura qui in Sicilia ti viene quando conosci le vittime, non i carnefici! Loro si presentano sempre lindi e puliti. Sono persone perbene! E lo ripetono in continuazione. Padre Alessandro invece non aveva capito che il protagonista di quella tragedia era diventato proprio lui: il giovane e insignificante pretino venuto dal Nord con l'idea di cambiare l'ordine delle cose. Lui non si sentiva così importante e, probabilmente, non lo era. Ma non era mai piaciuto a nessuno dei baroni che si aggiravano intorno all'istituto. E loro non facevano differenza. Come i dittatori, avrebbero perseguito gli innocenti per coprire i veri colpevoli. Avrebbero ordito trame, inventato prove, formulato false accuse.

Entrai in chiesa, nella cappella interna all'istituto, era davvero l'ultima spiaggia. Cercavo qualcosa che mi salvasse, perché anch'io ero allo stremo. E non trovai nulla. Neanche il Vangelo di quel giorno diceva qualcosa che potesse essermi d'aiuto. "Beati voi poveri, perché vostro è il regno di Dio. Beati voi che ora avete fame, perché sarete saziati. Beati voi che ora piangete, perché riderete. Beati voi quando gli uomini vi odieranno e quando vi metteranno al bando e v'insulteranno e respingeranno il vostro nome come scellerato, a causa del Figlio dell'uomo. Rallegratevi in quel giorno ed esultate, perché, ecco, la vostra ricompensa è grande nei cieli. Allo stesso modo infatti facevano i loro padri con i profeti. Ma guai a voi, ricchi, perché avete già la vostra consolazione. Guai a voi che ora siete sazi, perché avrete fame. Guai a voi che ora ridete, perché sarete afflitti e piangerete. Guai quando tutti gli uomini diranno bene di voi. Allo stesso modo infatti facevano i loro padri con i falsi profeti."

Non c'entrava niente con me, con le mie angosce e con le mie paure. Però mi fece venire in mente don Fabio, che proprio quella mattina stava celebrando il battesimo in duomo, dove certamente c'era tutta la "crema" della città, quella che contava. Proprio lui, il falso profeta di tutta quella schifosa corte di benpensanti, sfruttatori e disonesti. E, nello stesso tempo, pensavo a quegli sventurati genitori di Andrea, e mi chiedevo in che cosa mai avrebbero potuto trovare consolazione. Se veramente si aspettassero una ricompensa divina, o fossero semplicemente rassegnati a essere oppressi, senza fare nulla per rimediare alla loro tragedia.

Poco prima di pranzo arrivò Zizza. Ormai non mi metteva allegria neanche più lui, però quel giorno sembrava carico. Era andato al battesimo in duomo e si era fermato a parlare con don Fabio. A pensarci bene, fino a quel momento Zizza aveva parlato solo una volta con il grande burattinaio. Si conoscevano molto bene e non si temevano l'un l'altro, perché sapevano giocare sporco tutti e due, questo ormai l'avevo capito. Non gli aveva detto niente del rasoio e don Fabio non aveva detto niente in generale. Aveva risposto in modo elusivo alle sue domande, salvo essere molto esplicito a proposito degli amori del nuovo direttore. Sapeva bene che tutto ciò che aveva a che fare con Ferracane era un problema per chiunque, compreso Zizza. Mi disse che era presente anche il giudice Adornato e fece una smorfia, come a dire che sicuramente stavano tramando qualcosa. Ecco, Adornato, al contrario di Zizza, sembrava proprio un personaggio da telefilm. Era basso, grasso, ingobbito e puzzava di alcol e tabacco. Non si poteva dire che fosse un giudice corrotto, sarebbe stato come riconoscergli un titolo che non meritava. Adornato non era più un giudice, non passava neppure dalle aule di tribunale, era un fantasma, un faccendiere, uno schiavo provetto e sfacciato. Esercitava soltanto il potere di ricattare chiunque, anche per ottenere cose di poco conto. Entrava in un negozio, sceglieva qualcosa, se la faceva impacchettare e se ne andava senza pagare. Era soprannominato "il porco".

Poco dopo don Fabio rientrò all'istituto proprio insieme a Adornato. Mi chiesi come avesse potuto sopportare di stare in macchina accanto a quella cloaca. Don Fabio era un uomo pulitissimo, sempre impeccabile, fino a sembrare maniacale. Ma la sua determinazione gli avrebbe consentito qualsiasi cosa. Lo invidiavo per questo. Invidiavo il suo autocontrollo, da giocatore di poker.

Zizza si era allontanato, non voleva farsi vedere con me. Tornò nella guardiola dopo un po'. Mi fissava. «Quella cosa del rasoio mi ha fatto *usciare* il cazzo!» disse. Marcando più del solito il suo accento di provincia. Non usava mai espressioni così volgari. Era incazzato. Però io non potevo credere che uno come lui, che era vissuto in quella città senza mai avere un problema, stesse trovando tutto lo spirito rivoluzionario che non era mai riuscito a esprimere. Magari aveva maturato negli anni un grande scontento, era saturo dello schifo che gli era passato sotto gli occhi, senza poter fare niente. Non mi fidavo comunque. E più lui si confidava con me, meno mi fidavo.

Eravamo seduti nella saletta d'attesa, proprio dietro la portineria. Zizza aveva ripercorso tutta la storia recente a partire dalla morte del bambino e si era accorto che questo bambino non era mai esistito. Non c'era traccia di Andrea, né prima né dopo la sua morte. Nessuno aveva mai parlato di un bambino morto. «Nessuno!» ripeté Zizza abbassando la voce e digrignando i denti.

Era vero, neppure il padre del bambino: "*Su rumpiu u coddu*" aveva detto.

«Gli unici a essere al corrente della morte di Andrea sono don Fabio, Giulio e padre Alessandro... e l'unico che possiamo convincere a parlare è proprio quest'ultimo» disse.

«Padre Alessandro non dirà mai che don Fabio ha ucciso quel bambino. Non ci crede. Non c'è niente da fare.»

«E se glielo dicesse un bambino sordomuto?»

Non gli risposi neanche e volai a cercare Giulio. Il nostro ultimo incontro non era stato un gran divertimento, ma non potevo negare che si fosse aperto con me. Cazzo se si era aperto! Aveva ammesso un sacco di cose e me ne aveva lasciate intendere molte altre.

«Ti prego, Giulio, devi chiedere a Ciccio di raccontare quello che sa a padre Alessandro.»

«Ti ho già detto che lo stanno fottendo, *stronzobbiettore*. Ora basta, levati dai coglioni.» Era il Giulio che conoscevo.

Tornai da Zizza con la sconfitta stampata in faccia. Lui tirò fuori dalla tasca una merendina, diede un primo morso e poi se la infilò tutta in bocca. Intanto mugugnava: «Bisogna ricominciare daccapo». Deglutì. «Daccapo.» E se ne andò.

Una cosa dovevo riconoscergliela: non ignorava l'idea che stava alla base di tutto. Non la trama, non il progetto malefico, ma l'idea. Il miracolo di cui ogni cattivo siciliano si compiace: cancellare la memoria. Così come l'omertà, anche la cancellazione della memoria è un'idea che sembra fondata sulla fenomenale intuizione di Einstein a proposito dei fenomeni che si modificano, se osservati dall'uomo. Distogliere lo sguardo o dimenticare significa far scomparire ogni cosa dall'universo umano. E questo non è un trucco, non è l'artifizio di cui si servono, ma è lo scopo stesso: loro ricostruiscono la società in modo perfetto, come in un film di fantapolitica, o come nella Russia di Stalin, annientando tutti quelli che vogliono annientare, cancellandone presente, passato e futuro. È come se quelle persone non ci fossero mai state, e il loro venir meno non provoca alcuna conseguenza dal momento che non esistono.

Rimasi seduto per qualche minuto a contemplare la finestra da cui veniva l'unica cosa bella di quei giorni; un profumo di zagara inebriante. *Alla fine ammazzeranno anche me*, pensai, *e mi faranno sparire. Anche se non conto un cazzo.*

# XXXV

## TORINO

Una volta gli attori non erano contenti quando venivano chiamati a sostituire un collega. Faceva di te una specie di riserva, come nello sport. Adesso il mercato è cambiato e nessuno ci fa più caso. Tantomeno io, che grazie a quest'occasione sono potuto sparire magicamente, senza nessuno sforzo, e adesso sono qui, per godermi tre settimane in questa città elegante, colta, antica, vivace, aperta, intelligente e mitteleuropea. Mi sento salvo.

Oggi si comincia a girare alle nove. Mi sveglio alle sei e mezzo per andare a correre. Alle sette meno dieci sono già in strada. Parto da via Sommeiller, dietro l'angolo del mio albergo. Passo il ponte della ferrovia e mi dirigo verso il Valentino. Le strade sono ancora vuote e mi godo l'aria fredda del Nord, mentre spunta un raggio di sole, che illumina le ondine del Po e poi scompare. Attraverso il fiume, scendo giù per le scale che portano alla banchina e mi avvio verso il centro. Incrocio una barca con due canottieri. Mi sembra tutto bellissimo. Passo vicino alle bocciofile e arrivo alla Gran Madre di Dio. Che nome meraviglioso: Madre di Dio. La più straordinaria contraddizione metafisica che si possa immaginare. Il mistero mai svelato dell'origine, la Terra che genera Urano, che la feconda, l'uovo o la gallina?

Imbocco il ponte di fronte al quale si apre piazza Vittorio. Maestosa, elegantissima. Passo sotto i portici ed entro in via Po. I negozi, appena aperti, mi scorrono accanto. Pur correndo, li guardo, mi sembra di riconoscerli tutti, uno dopo l'altro, e godo di tutte le belle cose che riesco a vedere oltre le vetrine e, di tanto in tanto, scorgo uno dei padroni o, forse, un commesso di cui ammiro la classe e la compostezza, mentre mi immagino le loro vite, le loro certezze, opposte alla turbolenza della mia vita e dei miei sentimenti. Passo da Fiorio, una delle gelaterie più antiche, che ha la vetrina ad angolo. Butto lo sguardo dentro e incrocio quello di un cameriere che mi saluta. Mi sento a casa. Aumento il passo. Giro in via Roma e volo sui marmi splendenti sotto i portici, fino alla stazione. Passo vicino all'Hotel Roma per rendere omaggio a Cesare Pavese. Dico una preghiera. È difficile pregare mentre si corre. Sono due forme di esercizio spirituale, cioè di alienazione e di ripetizione. Si crea come un piccolo cortocircuito. Ma la preghiera dura poco e riprendo fiato. Passo anche sotto i portici altissimi della stazione e finisco in via Sacchi, che mi riporta fino all'angolo di via Sommeiller e poi in albergo. Mi lavo, mi vesto, faccio colazione ed esco. La giornata comincia in discesa.

Mentre l'autista mi porta sul set, inizia a nevicare. Che meraviglia. Oggi devo girare una scena con un collega molto famoso, ma anche molto bravo, e con un altro attore non meno bravo ma molto alcolizzato. Io mi sento benissimo.

C'è freddo e la neve comincia ad accumularsi. Prima di entrare nel camper per cambiarmi e truccarmi, incontro l'organizzatore. Si chiama Carlo, detto "Mastino". Un professionista impeccabile, freddo e determinato, come deve essere chi fa questo mestiere. Invece oggi mi sembra preoccupato. Dev'essere per via di quell'attore di cui dicevo prima. Per giunta deve girare con il "protagonistone" famosissimo... Magari lo manda affanculo.

Lui si confida subito e io gli do un suggerimento. «Fagli trovare una Ceres in camerino.»

«Ma sono le nove del mattino...»

«Fidati.»

«No. Se beve a quest'ora non verrà neanche sul set...»

«Se non gli fai trovare la birra, che almeno è leggera, lui troverà un altro modo per bere... Magari manda un ragazzino a comprargli una grappa e arriva ancora più ubriaco...»

«Così lo autorizzo a recitare ubriaco, non è serio.»

«È sempre ubriaco. E recita benissimo. Qual è il problema?»

È andato tutto bene. Alla fine della giornata, Carlo mi ha ringraziato. Gli sarà venuto difficile farlo, perché è uno che crede di sapere tutto. Io gli ho dato l'unico consiglio valido: rispetta le scelte delle persone. Voleva forse farlo disintossicare in una mattinata? È un uomo adorabile e un grande attore. Piuttosto beviti un bicchiere con lui!

Comunque, è stata una giornata fantastica. Ordinaria e meravigliosa. Finalmente sono seduto in uno dei favolosi ristoranti di questa città e mi appresto a godermi il menu e soprattutto la carta dei vini. È tutto magnifico. Per di più, mi rendo conto che per tutta la giornata non ho pensato ad *Amleto*, a Gerbino, alle porcherie di Enzo, ai dipendenti, alla campagna elettorale, tantomeno a Evelina.

# XXXVI

## U PANI CU SAMMURIGGHIU

Non è difficile tirarsi fuori dalle cose brutte. Basta spostarsi, allontanarsi, andarsene, e scompaiono da sole. Io, invece, ero attaccato alla speranza che fosse don Fabio ad andarsene davvero, e magari per sempre. Non me ne fregava un cazzo che lo smascherassero, sapevo che era impossibile, volevo che finisse quell'incubo, e quell'incubo poteva finire solo con la sua partenza. Ci invitarono tutti nel refettorio dei preti per un messaggio di saluto. Che rottura di coglioni! Mi ero già dimenticato di essere all'inferno e pensavo soltanto alla noia di quella situazione, al messaggio di saluto di don Fabio. Le signore avevano messo sul tavolo alcune fette di pane caldo, una vaschetta con il salmoriglio e una bottiglia di vino bianco sfuso, ma di quello veramente buono, che regalavano solo ai preti. Era l'aperitivo migliore del mondo, praticamente. Ma io non riuscii a godermelo, perché già immaginavo quel vecchio tronfio che si sarebbe riempito la bocca di stronzate retoriche e magari avrebbe finito con un sermone sul pane e il salmoriglio, cercando di fare il simpatico.

All'inizio eravamo solo io e Giulio. Lui non mi guardava, ma era normale. Don Fabio non si fece attendere e arrivò insieme ad altri due assistenti. Chiuse la porta. Significava che non sarebbe venuto nessun altro? Mi sembrava una stronzata; anzi, più che altro un'azione con un secondo fine, come tutte le cose che riguardavano don Fabio. Ma lui si giustificò subito: «Perdonatemi, non si tratta di un messaggio di saluto, come vi è stato detto... Perdonate la benevola bugia, perché sarete i primi, invece, a sapere che non potrò partire stasera per il mio nuovo incarico a causa di una spiacevole emergenza sorta proprio poche ore fa. Sono certo che non sia nulla di grave, ma solo un impedimento momentaneo».

Io guardavo Giulio, ma lui continuava a non guardarmi, e intanto cercavo di immaginare quale altra puttanata stesse inventando don Fabio per non andarsene da quel maledettissimo e potentissimo istituto del cazzo!

«Il dottor Gentili, della Regione» continuò, «ha rilevato tra le carte presentate dal nostro direttore, per quel progetto innovativo e ambizioso, devo ammettere... forse troppo ambizioso... ha rilevato, dicevo, delle irregolarità che lo hanno indotto a ritenere opportuno trasmettere le carte stesse ai funzionari della Guardia di finanza.»

Ecco che faceva capolino, già allora, la pietanza di cui mi sarei ingozzato negli anni successivi: l'uso mafioso dell'amministrazione pubblica. Chi mai avrebbe creduto a una simile cazzata? Neppure un pivello come me. Il dottor Gentili era un impiegato qualsiasi, non era manco "dottore", lo chiamavano così per piaggeria, per timore di finire sotto i suoi ricatti. Un delinquente, altro che dottore. Certamente non era in grado di rilevare alcuna irregolarità, le carte neanche le leggeva. E ancora più assurdo era che le avesse trasmesse alla Guardia di finanza. Non poteva mai esserci una tale irregolarità in una semplice richiesta di contributo. Era una fandonia banale per creare un altro depistaggio, per perdere tempo e assestare un'altra bastonata sui fianchi del povero padre Alessandro, qualcosa che probabilmente lo avrebbe abbattuto definitivamente. Forse il timore di finire in tribunale lo avrebbe mortificato più che essere ucciso, preciso e onesto com'era.

«Purtroppo la Curia» continuò don Fabio, «non ha, diciamo così, una cultura garantista, come quella del mondo laico, e ha disposto l'immediato allontanamento di padre Alessandro.» Fece una piccola pausa e io pensai che stesse recitando il suo sbigottimento o il suo dispiacere. Invece riprese subito, senza modificare il tono: «Io sono assolutamente certo che si tratti di un errore, o di una cattiva interpretazione del dottor Gentili...».

Non ce la facevo più e lo interruppi, con tono polemico, pur cercando di contenermi: «Scusi, ma il dottor Gentili, che, per inciso, non è neanche dottore, che irregolarità avrebbe rilevato? Cosa ha interpretato? Con quale competenza? È un impiegato e basta...».

Don Fabio mi guardava negli occhi e avrebbe voluto incenerirmi ma, come al solito, non lasciava trasparire alcunché. Persino in quel momento riuscì ad affascinarmi. Era bravissimo nell'arte del maleficio. Poi fu lui a interrompere me: «È un piccolo incidente di percorso. Ho già detto che si tratta certamente di un errore. Padre Alessandro tornerà presto». Sorrise. «Anche perché io ho un altro incarico da svolgere...» Si fermò e aggiunse: «Molto importante!».

Stavo per contrastarlo ancora, ma le parole mi si bloccarono in gola, lasciando spazio a un terribile senso di frustrazione al cospetto di quella schifosa e nuova bugia che aveva appena insinuato in questa storia ancora più schifosa. Anche gli altri erano perplessi, ma non osavano fiatare. E neanche Giulio sembrava risollevato. Almeno per lui era una buona notizia che don Fabio non sarebbe andato via. Era rientrato tutto, don Fabio era ancora lì... e chissà per quanto. Eppure non mosse un muscolo, e lui non era certo uno che sapeva fingere. Tutto sommato era una persona troppo semplice e umile per mascherare le emozioni.

«*U pani cu sammurigghiu*...» disse a voce alta don Fabio, nel suo dialetto imbastardito. E invitò tutti a servirsi. «La vera tradizione della nostra terra. Il pane. Il corpo di Cristo... e il vino... il sangue di Cristo.»

Sembrava una bestemmia! Versava il vino nervosamente, in preda a un'eccitazione demoniaca, e non si curava che macchiasse la tovaglia di lino bianca, le sue mani. Mani sporche di sangue. Ma era la mia immaginazione, un incubo a occhi aperti. Don Fabio ripeté: «Servitevi». E rimase a guardarci mentre, timidamente, ci avvicinavamo alla tavola per assaporare il pane, che sembrava essere l'unica cosa buona in tutto quello schifo. Poi aggiunse: «Per il momento dobbiamo sospendere gli assistenti dal servizio. Dei ragazzi ci occuperemo noi preti, per qualche giorno. Poi li trasferiremo temporaneamente in un altro istituto, perché i lavori di ristrutturazione inizieranno subito».

Giulio era completamente fottuto. Era un licenziamento in piena regola, non c'era nessuna garanzia. I loro contratti erano a termine e stavano per scadere. Rimase immobile. Grigio, come le mummie del Museo egizio di Torino. Mi faceva una pena enorme. Non mi piaceva vederlo distrutto in quel modo, anche se mi stava sul cazzo pure in quel momento. Non pensai che se l'era cercata. Lui era solo una vittima. Come me, né più né meno.

Don Fabio si congedò, lanciando un'altra stilettata. Chiese agli assistenti di servire i ragazzi a tavola e di salutarli. Precisò che si sarebbe trattato di un arrivederci e non di un addio. Nessuno glielo aveva chiesto e tutti sapevano che era l'esatto contrario.

Era finito tutto. E adesso sembrava un giorno come gli altri. Io tornai in portineria. I ragazzi mangiarono facendo il solito casino, con i loro suoni, le loro urla. Dovevo occuparmi delle prenotazioni del campo di calcetto, quando vidi uscire padre Alessandro insieme a Maria. Ebbi un sussulto, ma anche quello era normale. Uscirono insieme come ogni giorno per la loro passeggiata.

Poco dopo Giulio si presentò in portineria. Di solito usciva dal retro, dalla porta vicino al refettorio dei ragazzi. Si appoggiò al marmo e disse: «Ciao, *stronzobbiettore*».

«Che vuoi, Giulio?»

«Ho parlato con Ciccio. Adesso sono cazzi tuoi.»

# XXXVII

## LA CROCE TRIDIMENSIONALE

Per essere una città italiana Torino non ha molte chiese. Non so perché e non credo che ciò abbia a che fare con certi occultismi di cui si è sempre parlato. Magari sarà perché è rimasta a debita distanza dal Vaticano, sia geograficamente sia politicamente. Non lo so e non voglio sparare cose a caso. Fatto sta che sto cercando una chiesa. Il luogo sacro mi aiuta a svuotare la mente, anche se la messa in sé, la predica e tutto il resto di solito mi fanno incazzare e mi distraggono. Non sopporto il tono lamentevole dei preti mentre leggono il messale, e non mi spiego come possano leggerlo per una vita intera senza impararlo a memoria. Nessuno gli ha mai spiegato che la memoria si usa dai tempi dei narratori ciechi, perché il testo diventa più suadente quando è recitato e non si porta dietro la pesantezza di una lettura claudicante e lamentevole, arbitrariamente distribuita da attori impreparati ad ascoltatori improvvisati? Come si può officiare un rito annoiando i presenti e, presumo, anche se stessi? Se un attore non si divertisse e non si esaltasse sul palco, non potrebbe mai attirare il suo pubblico. Loro hanno a disposizione il testo più perfetto e avvincente della storia dell'umanità, quello che ha cambiato il calendario e che ha dato una connotazione culturale a una parte considerevole della civiltà moderna. Al di là della credenza, del pensiero religioso o della fede vera e propria, il successo di questo rito dovrebbe essere scontato. Invece si riduce a una triste cantilena a cui nessuno presta attenzione. E magari qualche fedele si convince che l'espiazione del peccato sia proprio quell'ora di sofferenza. Poi si lamentano della crisi vocazionale e delle chiese vuote! Pagano secoli di disattenzione. Inseguono la modernità con discutibili tentativi di adattare il linguaggio, invece di affermare una tradizione in sé rivoluzionaria.

Mentre penso a queste cose mi accorgo che si è fatto tardi e proprio in quel momento vedo, in fondo a via Massena, una chiesa che non avevo mai notato, con la facciata color cemento, fintamente antica. Niente di che. Entro. C'è un sacrestano che sta rimettendo in ordine. Mi siedo e provo a non pensare a niente. Invece mi sovviene il pensiero di lei. Non c'è amore, l'ho già detto. Mi sto solo chiedendo chi sia. Poi la testa si svuota in un attimo e gli occhi si intorpidiscono e ho come l'impressione di vedere doppio, perché la croce appesa al centro dell'abside ha degli strani riflessi. Mi alzo, cerco di uscire da quel sano torpore e mi avvicino. Non è un riflesso né un abbaglio dei miei occhi; si tratta di una croce tridimensionale appesa con un cavo quasi invisibile, forse una lenza, è come se galleggiasse nel vuoto. La croce a sei raggi è il simbolo della manifestazione universale e mi ricorda ancora una volta l'importanza e l'incidenza dello spazio sulla condizione umana, di cui io sono un esempio lampante. Non è usuale trovare un simbolo esoterico in una chiesa cattolica, ma non mi sorprende, soprattutto qui. Tra i suoi tanti pregi, Torino ha una scuola di metafisica importante che, almeno intellettualmente e simbolicamente, si contrappone alle convenzioni occultiste. Mi passano per la mente certi discutibili romanzi di Dan Brown e mi metto a fantasticare. Penso che quel simbolo sia un segnale chiarissimo per me, e nello stesso tempo mi dico che se la Chiesa cattolica non si fosse uniformata alle altre istituzioni sarebbe stata una vera fonte di "salvezza", una dottrina e una disciplina utile ed essenziale per la vita umana; la pace, l'amore per il nemico, la libertà, il coraggio, la volontà, la coerenza, la giustizia, il sacrificio: tutte cose che non ricordavo più, perché fino a pochi giorni fa ero ispirato dall'odio, dal desiderio di vendetta e dal disprezzo. Lo spazio però cambia tutto. Quando siamo altrove, quell'altrove ci condiziona, nel bene o nel male. Ora tutto quello che è successo mi appare come una sciocchezza, una volgare stupidaggine, come di fatto è. Ma posso dirlo perché sono qua. Perché sono lontano. Anche da lei.

Esco dalla chiesa, sento vibrare il telefono e in un attimo mi sfugge tutta la serenità che ho accumulato in questi pochi giorni. Il telefono, con tutto il suo apparato di connessioni, piattaforme e tutti i suoi spazi virtuali, è una specie di teletrasporto che ti rapisce e ti proietta altrove, anche solo con uno squillo, con l'avviso di un messaggio o di una mail. Non c'è scampo. Così leggo il messaggio e mi ritrovo accanto a Evelina, ma non nella sua stanza con quella vetrata magnifica e il suo corpo nudo disteso accanto a me, piuttosto nel suo vero mondo, quello in cui l'ho conosciuta. Ci sono tutti, anche il marito mafioso e inetto, l'onorevole Torrisi, Enzo, Gerbino, gli appaltatori, i dipendenti, i questuanti e persino la direttrice artistica a titolo gratuito. Lei ha scritto soltanto:

“Cerca di rientrare. Appena ti è possibile. Ti aspetto”. Che cazzo di messaggio mi ha mandato? Non se ne parla neanche, io non mi muovo di qua. In un primo momento decido di non rispondere. Ma non mi piace. È una cafonata. Odio le persone che non rispondono ai messaggi, come quelle che non rispondono al telefono. Lo considero un misto di viltà e di arroganza. Digito solo: “Che cosa è successo?”. Adesso è lei che non risponde. Faccio una doccia, più che altro per far passare il tempo. Tutto sommato preferisco che non richiami e che non risponda al mio messaggio. Non tornerò mai per lei. Del resto, perché dovrei farlo? Cosa può essere successo? E, soprattutto, a cosa servirebbe la mia presenza lì? Io non conto niente e non posso fare niente, se non peggiorare le cose incazzandomi e facendomi rimproverare e redarguire come se fossi un bambino. Mi dà fastidio pure quando lo fa Fabrizio, che è un amico.

Ho fatto una doccia e mi sono vestito, e intanto continuo a rimuginare. Mi ripeto sempre la stessa domanda, quasi ad alta voce: «Cosa può essere successo?». Banalmente penso che il marito di Evelina abbia scoperto la nostra relazione, se così si può chiamare, e mi voglia far sparare. Ipotesi da scartare. Non mi sembra che sia così sprovveduta. E comunque, in questo caso, non mi avrebbe chiesto di tornare, semmai di stare il più lontano possibile da lei. Seconda ipotesi. Gerbino è impazzito, ha ritirato tutto e vuole che io riprenda le prove di *Amleto*. Scartata. Non c’è una sola ragione al mondo che potrebbe indurlo a fare una cosa del genere. Come ha detto lui stesso, è un mero esecutore e non riesco a immaginare quale dei suoi amici, sodali o capi, possa avere il minimo interesse a che avvenga una cosa simile. Terza ipotesi. Evelina ha preso le mie difese con Enzo e con Gerbino, li ha minacciati di far intervenire Torrisi e di fargli revocare l'incarico. Impossibile. Non farebbe mai una cosa del genere solo per riportarmi a letto. Troppo impegnativo, dispendioso. Piuttosto prende un aereo e mi raggiunge a Torino. Ultima ipotesi. Enzo mi ha fatto seguire. L'ha ricattata. Lei ha dovuto chiedere al presidente di firmare la revoca del mio mandato. E chi se ne frega, penso io. In quel momento capisco che sono arrivato là dove volevo arrivare; oltre un punto di rottura, come se all'improvviso mi fossi liberato di tutto con una consapevolezza e una malinconia che mi stanno letteralmente inebriando. Atarassia. È finita. Non mi interessa più di niente, mi sento lontano e, in effetti, sono lontano. Però è strano. Non mi sembra possibile che, in un solo colpo, mi sia liberato di lei e, soprattutto, di quella dipendenza ancestrale. Potrebbe anche essere vero. Certe volte succede nella vita degli uomini. Ma questa è una cosa che riguarda la natura, più che la vita umana. Come è possibile?

Intanto sono uscito e mi sono messo a passeggiare ai Murazzi. Mi guardo intorno, sperando magari di incontrare qualcuno che conosco. Domenica sera puoi trovarci i ragazzi che lavorano sul set e berti una birra con loro, che si divertono ad ascoltare i tuoi racconti da vecchio attore. Non sai mai se ti compatiscono o ti ammirano veramente, ma di sicuro ti tengono compagnia. Ma c'è così freddo stasera che non si vede nessuno. Anzi, si sente lo sciabordio del Po. L'acqua dev'essere gelata. Continuo a pensare a lei e a quella risposta che non è mai arrivata. Così realizzo che forse non è successo niente. Ovvero non è successo niente a me. Quel distacco, quella rottura erano un'illusione, tanto quanto lo è il controllo che credo di mantenere in questa storia con lei. So perfettamente che l'unico modo per sapere quanto ci sia di vero in tutto questo sarà ritornare da lei e, per l'ennesima volta, in quel posto imprecisato. Ma adesso non voglio pensarci.

# XXXVIII

## IL FUNERALE

Era stata lei a convincerlo. Maria conosceva un sacco di gente. Gli amici del marito che frequentava quando ancora andavano d'accordo e quelli con cui aveva continuato a mantenere i rapporti, per questioni di forma. Era una donna di mondo, indipendente, anche se non sembrava. Aveva sempre avuto un peso nella vita del marito. Conosceva bene anche il giudice Adornato, che manovrava tutto nell'ambito giudiziario. Poteva rivolgersi solo a lui, del resto. Se si fosse comportata diversamente quello l'avrebbe saputo in un batter d'occhio e l'avrebbe massacrata. Figurati il povero padre Alessandro, così preciso e perbene com'era, seduto davanti a quel maiale! Comunque, "il porco" era rimasto ad ascoltarlo e gli aveva detto che avrebbe aperto un fascicolo. Che bisognava indagare, chiarire subito se si era trattato di una disgrazia, o peggio... Lui lasciava sempre le frasi in aria. Gli piaceva. Padre Alessandro credeva di avercela fatta. Si era tolto quel peso dal cuore e si sentiva pronto ad affrontare qualsiasi cosa. Ma andare a casa del giudice insieme a Maria era stato molto imprudente. Non avrebbe dovuto farsi vedere con lei, né da Adornato e neanche in giro per la città. Perché lui aveva veramente una storia con Maria. Una brutta storia, piena di slanci e pentimenti, da parte di tutti e due. E quella storia lo aveva sbrindellato... Non se l'aspettava... La sua filosofia, le sue idee sull'amore erano andate a farsi fottere, Maria lo aveva devastato... non poteva fare a meno di lei, anche fisicamente.

Forse avevano litigato. Di certo Maria aveva già molti problemi a casa e il marito era subito venuto a sapere che era stata da Adornato con padre Alessandro. Le aveva bloccato i bancomat e le carte di credito; in garage le avevano detto che non poteva prendere la macchina; insomma, era iniziata la guerra anche per lei. Suo marito non aveva esitato a trattarla come faceva con tutti gli altri. Allo stesso tempo, Ferracane aveva sguinzagliato i giornalisti più fedeli per confezionare un articolo che annunciasse la crisi dell'istituto, con la morte di un bambino avvolta nel mistero e le fantomatiche carte in mano alla Guardia di finanza. Tutto, ovviamente, dall'"avvento" del giovane prete. Ma non era per questo che avevano litigato, Maria e padre Alessandro; ancora non sapevano niente delle iniziative di Ferracane. Evidentemente era rimasto qualcosa in sospeso... oppure avevano fatto sesso. Di certo lui era affaticato, sconvolto. I bambini erano rimasti praticamente incustoditi tutto il pomeriggio, i preti non riuscivano a stargli dietro. Ciccio era eccitatissimo e appena vide padre Alessandro gli corse incontro. Ma lui non se la sentì di parlare con il bambino e si chiuse in refettorio con la scusa che doveva farsi l'insulina.

Avevano commesso anche un'altra imprudenza. All'ora

di cena erano andati insieme nella camera del prete, perché dovevano parlare, mentre i ragazzi mangiavano. Lei sapeva che suo marito l'avrebbe distrutta in pochissimo tempo, e poi avrebbe prolungato la sua agonia. Magari voleva che padre Alessandro trovasse un modo per salvarla, ma non c'era più niente da fare. Il loro amore era così intenso e profondo che si vedeva a cento metri di distanza. Altro che le illazioni di don Fabio. Quella sera, in quella stanza, il loro amore si era scatenato, anche se nessuno avrebbe mai saputo in che modo, se attraverso il sesso, l'odio, la rivalsa o semplicemente consumando un tragico addio.

Alla fine della cena Ciccio, eludendo la blanda sorveglianza dei preti, era andato nella stanza del direttore per dirgli cosa aveva visto quella notte, come gli aveva chiesto di fare Giulio. Maria non c'era più e lui era accasciato a terra. Ma doveva essere ancora lucido perché lo aveva riconosciuto: gli aveva chiesto, nel linguaggio dei sordomuti, di andare a prendergli un gelato. La cosa più facile da chiedere proprio a Ciccio per far fronte a una crisi ipoglicemica. Forse si era fatto troppa insulina, o forse a ridurlo in quelle condizioni erano state le troppe emozioni della giornata. E in più non aveva mangiato niente. Ciccio era partito come un fulmine verso il montacarichi delle cucine. Una signora però, accortasi della sua presenza, lo aveva cacciato fuori a pedate. Lui si era nascosto nell'andito di una finestra da cui aveva visto la stessa signora andare a buttare le scatole dei gelati nei cassonetti della spazzatura. Il ragazzino forse sperava di trovare qualche gelato nelle scatole e si era infilato in uno dei cassonetti. Esattamente quando stava per passare il camion dell'immondizia. Da lì dentro non ne aveva sentito l'arrivo, né aveva sentito il vociare degli spazzini, poi il coperchio si era richiuso sopra la sua testa. Nessuno dei suoi esili suoni gutturali era arrivato alle orecchie degli operatori, che con un rapido gesto avevano scaraventato il contenuto del cassonetto dentro il camion. Era finito spappolato insieme ai rifiuti.

Don Fabio aveva visto il camion allontanarsi, dalla finestra del bagno, mentre si stava lavando le mani dopo la cena. Padre Alessandro non era sceso in refettorio, benché lui lo avesse chiamato più volte al telefono interno, senza ottenere risposta. Era rimasto lì solo, finché non era morto. Lo aveva trovato don Fabio verso mezzanotte. Aveva chiamato subito l'ambulanza e la polizia, ma anche Ferracane. Le rotative del giornale si erano fermate ed era stata ribattuta la pagina della cronaca.

Io ero stato avvertito verso le sei della mattina. Non avevo mai visto un morto. Ma non mi fece impressione. Aiutai Giulio a vestirlo. Lui non disse una parola, ma si capiva che era come se fosse morto anche lui. Padre Alessandro gli piaceva, anche se non aveva mai osato dirlo e quello era, per tutti e due, l'ultimo atto. Il giovane direttore se n'era andato per sempre e Giulio era lì per l'ultima volta. Don Fabio lo aveva fatto chiamare perché si fidava solo di lui, ma non gli aveva neanche rivolto la parola, come faceva ormai da giorni.

Dopo averlo vestito, rimanemmo in quella stanza per più di un'ora, senza dire niente. L'istituto si era svuotato, i sordomuti erano già partiti per Noto. I genitori di Andrea erano scomparsi e padre Alessandro era lì, morto, davanti ai nostri occhi. Era successo tutto in tre giorni, dopo che don Fabio aveva annunciato di andarsene. Il succedersi degli eventi era stato esemplare, come durante la Passione, o un'esecuzione. L'unica cosa che non corrispondeva era la simbologia pasquale, perché padre Alessandro era morto di sabato, invece che di venerdì, e domenica non c'era stata nessuna resurrezione.

Il funerale fu celebrato lunedì mattina. E fu lì che Zizza mi raccontò tutti gli eventi che ho riferito: quel pomeriggio e l'intrecciarsi dei fatti che avevano chiuso il cerchio della storia. Si era seduto accanto a me, nella fila in fondo, mentre don Fabio officiava la funzione. Zizza era ancora l'ultima speranza, almeno fino a quel momento.

«E Ciccio?» gli chiesi. «È morto un altro bambino e lei è qui al funerale? A parlare con me e a disturbare la funzione?»

Non sapevo più che cazzo dire. Era logico che fosse a quel funerale, ma era molto meno logico quello che disse dopo, storcendo le labbra: «Il ragazzino è orfano di padre e di madre... Sarebbe assurdo mettere nei guai un netturbino del tutto incolpevole... Tanto più che bisogna ricominciare daccapo». Mi guardò in cagnesco, poi si girò verso l'altare e disse di nuovo: «Daccapo». Era la conferma che anche lui ragionava esattamente come gli altri. E mi era rimasta impressa quella sospensione finale, come se Zizza stesse per aggiungere che sarebbe stato assurdo mettere nei guai un netturbino del tutto incolpevole... "per così poco"! Tanto valevano i ragazzi sordomuti, specie se orfani. Ed era esattamente quanto valevamo noi. Io, Giulio, padre Alessandro, Maria, Zizza e chiunque altro.

Infine gli chiesi come facesse a conoscere tutti i dettagli che mi aveva snocciolato. Mi rispose, come al solito, che era il suo mestiere e ritornò ad avere quell'atteggiamento da poliziotto che mi stava sul cazzo. Francamente non me lo aspettavo, mi sembrava che fossimo diventati amici. Ma lui era parte integrante di quella cultura e di quella mentalità. Non era un corrotto, né avrebbe mai potuto condividere le trame diaboliche di don Fabio e di Ferracane, ma era perfettamente integrato in quel mondo. Era uno di quei personaggi marginali di Shakespeare che, seppure di contorno, rivestono un ruolo chiave. Zizza tirava le fila. Braccava i criminali, ma faceva il loro gioco. Li controllava, ma loro lo usavano proprio per mantenere il controllo su se stessi e sugli altri. Era come un campanello d'allarme. Quando lo vedevano in giro, alzavano la guardia. Lui non si stupiva più di niente e forse ormai era contento che tutto gli fosse scappato di mano, che tutti quelli che gli servivano erano scomparsi.

Alla fine della funzione don Fabio tirò fuori un biglietto. Disse che l'aveva trovato nella stanza di padre Alessandro e cominciò a leggerlo.

*Amore mio dolce, io ti amo solo perché tu ami me e ti amerò finché tu mi amerai. Tu sei il mio corpo, il sesso, l'anima. Sei il tempo in cui andrò e lo spazio da cui sparirò. Il tuo nome è il più bello: Maria.*

Era la prima volta che non lo sentivo fingere. Aveva letto quelle parole con una tale intensità che mi era sembrato di sentire la voce di padre Alessandro. Mi chiedevo perché lo stesse facendo. Eravamo quattro gatti in chiesa e non c'era nessuno, neanche Zizza, a cui dovesse ancora dimostrare qualcosa. Né poteva avere interesse a svergognare Maria, perché avrebbe comunque messo in imbarazzo Ferracane.

Mi destai da quei pensieri quando, indirettamente, lui rispose alle mie stupide e innocenti domande, asserendo che in quella lettera si poteva leggere tutta la devozione di padre Alessandro alla Vergine Maria. Parlò a lungo. Sembrava una lezione di teologia. Si soffermò su ogni parola: l'amore per la vita che lo stava abbandonando, il corpo e l'anima. Scomodò persino Jacopone da Todi per giustificare, con un'acrobazia dialettica, l'uso della parola "sesso"! «È Lei il tempo che verrà ed è Lei la terra da cui sparisce, che di Lei è il simbolo.»

Alla fine, lo descrisse come un santo. Era il suo più superbo e sontuoso atto di arroganza. Non aveva bisogno di dimostrare proprio niente, stava semplicemente chiudendo il cerchio, seppellendo la vittima sacrificale, e purificandola dei peccati. Lo faceva per sé, senza esibire né rappresentare niente a nessuno, con lo stesso gusto e la stessa sapienza con cui si officia il rito sacro; era la sua cerimonia diabolica, per mezzo della quale avrebbe dispensato anche padre Alessandro da ogni colpa, cancellandone i peccati, insieme a tutto quello che aveva via via fatto sparire fino a quel momento. Il giovane prete era soltanto l'ennesimo innocente che era passato per la sua strada ed era scomparso. Per sempre.

Uscimmo in pochi dalla cappella. Zizza se ne andò in macchina con Adornato. Quello smaniava per il caldo e Zizza lo malediceva, ma comunque se ne andarono via insieme. Non li vidi mai più. Maria non c'era. Giulio se n'era andato qualche minuto prima del funerale. L'ultima e anche l'unica cosa che mi disse, davanti al corpo senza vita di padre Alessandro, fu che lui non era mai esistito. Lo disse così, all'improvviso. Senza un motivo preciso. Dopo aver guardato a lungo il volto del morto. «Io non sono mai esistito.»

Non avrei più rivisto nemmeno don Fabio. Non si seppe mai chi avesse ucciso Andrea, né perché. Anche Ciccio era sparito nel nulla. Io mi ricordo dell'ultima nave che presi per attraversare lo Stretto. Mi sgranchivo le gambe sul ponte, con il vento pieno di salsedine che mi sferzava le guance. Poi non si seppe più niente, neanche di me.

# XXXIX

## LA SPARIZIONE DELLA CITTÀ

Finché non sono tornato. Questa volta non ho voluto avvertire nessuno e nessuno è venuto a prendermi in aeroporto. Forse sono tornato solo per lei o, al massimo, per me stesso, per mettermi alla prova. Guardo fuori dal finestrino del pullman, attraverso le gocce di pioggia. Sento il profumo dello scirocco, ma il distacco c'è, devo ammetterlo. Certamente si è rotto qualcosa, ma non è successo quella sera a Torino, è successo una vita fa. Adesso però è più chiaro e comincio a sentirlo anche qui. Gli inganni degli odori, la luce, i ricordi, così come le frustrazioni che mi hanno assalito in questi pochi mesi in cui ho creduto di essere "tornato" sono come proiettati su uno schermo, in una bella inquadratura che ne esalta la virtualità. E naturalmente anche Evelina è come un'immagine proiettata: non c'è assolutamente nulla che ci unisca. Lei pensa tutto il contrario di quello che penso io, rappresenta tutto quello che io detesto, anche ora, mentre mi parla dall'altra parte del tavolo, in uno dei tanti locali che guardano il mare, che sembra ignorare l'inverno e brilla sotto i raggi della luna. Osservo ogni suo gesto, i suoi modi eleganti e mai stucchevoli. E penso che quell'eleganza rappresenti anche la sua forza e la sua capacità di essere spietata, almeno nel modo di interpretare la vita. Mi piace di più guardarla. Forse più tardi la bacerò, ma non provo nessuna emozione e intanto mi godo la cena di pesce e il bianco troppo fruttato che ha ordinato lei. Quando l'ho invitata a cena mi ha risposto solo "sì". Non ha fatto cenno a null'altro: non mi ha chiesto perché fossi tornato, perché non l'avessi avvertita. Niente. Si comporta come un politico anche nella vita privata. Non si lascia ingannare da nessuna emozione, come se ignorasse tutti i dettagli inutili di ogni cosa. E in questo modo riesce a essere informata e protagonista di tutto ciò che accade.

«Se fossi venuto quando te l'ho detto io, forse sarebbe stato diverso, ma chi può dirlo...»

«Stavo lavorando. Non potevo venire.»

«Ormai Gerbino sta per lasciare il teatro. Ha quasi portato a termine il suo compito: tenere in pugno i dipendenti fino al giorno delle elezioni. Enzo è libero di fare quello che vuole, ma si accontenta di esibirsi alle prime, di intestarsi idee che non sono sue, mostrarsi forte con i deboli e amico dei potenti, come sempre. Magari progetta di intascare qualche mazzetta dalle compagnie che porterà la nuova direttrice.»

«La nuova direttrice?» dico io, con un minimo di stupore. Per la prima volta da quando la conosco leggo un leggero imbarazzo sul suo volto. Dura un attimo. Il tempo di aggiornarmi su tutto quello che è successo in quelle tre settimane.

Calogero Manganaro, il sedicente critico del giornale locale, cavalcando le mie vicissitudini e le calunnie dei suoi colleghi, si era messo in testa di fare il direttore artistico del teatro. Forte della confusione preelettorale, aveva scatenato due personaggi, purtroppo per lui del tutto ininfluenti, per convincere Gerbino: Lalla e Sergino, riapparsi improvvisamente. Lei si era stufata di non fare niente e lui era stato inaspettatamente reclutato per la campagna elettorale di Torrisi, per via della sua grande esperienza. Almeno così diceva. Era eccitatissimo di tornare alla politica attiva, fatta di inganni, carognate e, soprattutto, di riposizionamenti, di cui era maestro. La notizia, però, non era neanche arrivata alle orecchie del commissario, ma a quelle di Eugenio. Eugenio curava i rapporti con la stampa e quindi era molto favorevole alla candidatura di Manganaro, e lo aveva riferito a Gaspare, che era in ottimi rapporti con Gerbino, ma a cui non fregava niente di Manganaro. Carla, che era protetta direttamente da Luciano Torrisi, aveva concordato con Gaspare, Ottavio e con Ruggero Sibilia, il segretario di Gerbino, che la soluzione migliore, per i dipendenti, fosse quella della direttrice artistica a titolo gratuito, che era rimasta bloccata quando il presidente non aveva firmato la mia revoca, deliberata da Gerbino. La signora risultava ideale perché certamente si sarebbe limitata ad acquistare spettacoli e non avrebbe avuto velleità produttive, fatto salvo il famoso progetto del professor Spampinato, che, per quanto attempato, pare che fosse il suo virile amante. Così, alcuni dipendenti si erano trovati in conflitto tra loro su una cosa, fino a quel momento impensabile, che era la nomina del nuovo direttore artistico. L'aspirante direttrice era sostenuta anche da Enzo, non solo perché voleva liberarsi definitivamente di me, ma perché considerava la signora molto più corruttibile di Manganaro, che era un cane sciolto. Sergino si era infuriato perché questo era come un tradimento da parte di Enzo, tanto più che lo aveva fatto nominare sovrintendente. Ma Enzo lo avrebbe tradito anche solo per il piacere di farlo. Gerbino cercava di tenerli buoni adducendo la scusa che il direttore artistico fossi ancora io, almeno sulla carta. I farisei erano rimasti ingarbugliati in uno di quei cavilli che, di solito, usavano per fottere gli altri: la firma del presidente. Ma, nello stesso tempo, Gerbino scalpitava perché questo stallo lo metteva in imbarazzo con i dipendenti, proprio alla vigilia delle elezioni, e quindi insisteva con Torrisi perché intervenisse personalmente. Torrisi aveva delegato Evelina, che aveva risolto tutto con la solita telefonata. Anche se lei lo detestava, era chiaro che tutto il suo potere e la sua credibilità derivavano dalla potenza criminale del marito, che nel frattempo era uscito di prigione per curarsi il cancro e quindi non era più considerato un mafioso, ma un vecchio imprenditore malato. Così, appellandosi alla vecchia amicizia del presidente con lo stesso Previti, che conosce i segreti di tutti, Evelina lo aveva convinto che, firmando la mia revoca, avrebbe preso due piccioni con una fava, come è nelle abitudini della più autorevole tradizione mafiosa: da un lato avrebbe dichiarato fedeltà a Torrisi e dall'altro avrebbe nuovamente sparigliato le carte del teatro. Quella firma avrebbe creato un precedente, insidiando lo stesso Gerbino, che ormai stava per esaurire il suo compito, e prefigurando un ritorno del presidente stesso. L'idea di questo nuovo assetto aveva sedato Sergino e Lalla, che speravano di tornare a far parte del Consiglio di amministrazione, e anche Manganaro, a cui era stato promesso l'incarico di ufficio stampa, sempre a titolo gratuito, per non irritare Eugenio. Il capolavoro di Evelina, però, era la grande sospensione che aveva creato.

Erano solo ipotesi future. Fino al giorno delle elezioni sarebbe rimasto tutto saldamente nelle mani di Gerbino, ovvero di Torrisi ed Evelina stessa.

Tutto questo lo sta dicendo lei, parola per parola, e lo sta dicendo come se fosse una cosa normale, mentre io mi rendo conto di essere il suo specchio, perché lo trovo normale anch'io. È solo un gioco, la cui posta è la vita stessa di tutti i partecipanti. Anche Evelina rischia, ma è chiaro che quel rischio la eccita. E credo la ecciti anche l'idea di essere stata delegata a sferrare il colpo mortale contro di me. Lo ha fatto senza esitare, come un romantico personaggio di Genet, inconsapevole della differenza tra amore e morte. Intanto continua a parlare, e la serata procede con una serenità surreale. Sembra un film in bianco e nero. Passeggiamo sulla cortina del porto, in piena notte, con le luci delle lampare in lontananza. La guardo negli occhi e riesco a percepire che dietro la sua spietata sincerità non c'è nessun trucco. È un'attrice perfetta, perché sa sospendere il giudizio. Fa quello che deve fare, come adesso, mentre mi racconta tutte queste miserie senza temere che possa indignarmi o incazzarmi. Anzi, a un certo punto mi sfiora la mano e mi guarda con i suoi occhi stupendi. Sorride e ricomincia, ma io la interrompo: «A pensarci bene, l'unica cosa veramente teatrale che ho vissuto in questo periodo sono stati loro: tutti questi personaggi di cui stavi parlando. La loro perfetta ambiguità, l'abnegazione con cui interpretano il ruolo, o la destrezza con cui si trasformano. L'unica cosa che non mi piace è che non sanno recitare veramente, perché fingono. Non con l'onestà di un attore per cui fingere significa creare, ma con la pochezza di chi confonde la finzione con la bugia, di chi non interpreta un ruolo, ma lo occupa abusivamente».

«Le cose accadono» dice lei. «Non c'è un disegno scritto. Il destino è ciò che accade. Tu sei tornato qui pensando di poter fare cose normali, in un contesto normale. Ma eri perfettamente consapevole di voler contrastare una legge della natura. E questo ti fa credere di essere affascinante, almeno agli occhi di una donna come me.» Solo per un attimo abbozza un sorriso. «Ma hai perso. Sei troppo vanitoso, presuntuoso e anche un po' infantile. Tutta questa fame di onestà e tutto quello che ne consegue, in un mondo così, assomiglia più a una superstizione. Tu lo sapevi dal primo momento. Quello che volevi cambiare è quello che è sempre stato così e adesso è tornato a esserlo, punto. Sarà sempre così. Finché questa città non sparirà nel nulla come tutte le cose inutili. E magari sparirò anch'io. Ammesso che io sia mai esistita... per te.»

È l'ultimo sguardo che ricordo di lei, le ultime parole. Era come sempre algida, sincera, consapevole, bella e spietata anche con se stessa.

# XL

## MADAME! JE VOUS AI TROMPÉE

Poco tempo dopo, accadde quello che Evelina aveva previsto: la città scomparve. Con tutte le sue donne ammalianti e bellissime, con i suoi abitanti ingrati, con i suoi panorami, le notti interminabili e calde, i suoi fantasmi e i suoi assassini, con il suo splendore e il suo schifo. Si polverizzò.

Come può essere accaduto? A questa domanda risposero gli amanti della scienza metafisica, che interpretarono il fenomeno come la fine di un ciclo, perché la fine di un ciclo comporta che tutto quanto sia incluso in quel ciclo scompaia. Ma anche la fisica teorica intervenne, constatando che la sua luce si era esaurita e, per questo motivo, la città era stata schiacciata dal suo stesso peso, come un buco nero.

Quando ormai mi ero dimenticato di tutto, da uno degli angoli più reconditi della mia libreria apparve quel vecchio libro. Lo presi, lo accarezzai, lasciando scivolare le mani su quella bella carta delle prime edizioni Sellerio, e poi lo aprii dalla parte di dietro, per arrivare direttamente all'ultima pagina, di cui ricordavo la bellezza e la sorpresa, ma non le parole.

| | |
|---|---|
| *Madame! Je vous ai trompée:* | Signora! Vi ho ingannato: |
| *Nous n'avons pas fait ce voyage.* | Non abbiamo compiuto questo viaggio. |
| *Nous n'avons pas vu les jardins* | Non abbiamo visto Giardini |
| *Les flamants roses de plages;* | Né fenicotteri rosa sulle spiagge |
| *Ce n'est pas vers nous que les mains* | Non si sono protese verso di noi |
| *Des sirènes se sont tendues* | Le braccia delle sirene |
| *Si je n'ai pas mordu le fruits,* | Se non ho addentato i frutti |
| *Ni dormi sous les avenues;* | Né dormito tra i viali |
| *Si je n'ai pas baisé les mains* | Se non ho baciato le mani |
| *D'Haiatalnefus parfumée:* | Della profumata Haiatalnefus |
| *Si je croyais aux lendemains;* | Se credevo ai domani |
| *Si j'raconté ces courages;* | Se ho raccontato questi ardori |
| *C'est que ce n'était que mirages,* | Non erano che miraggi |
| *C'est que ce n'était que fumées.* | Non erano che fumi. |
| *Je crois que j'eusse résisté; j'attendais;* | Penso che avrei resistito; aspettavo; |
| *Mais les tentations se me sont pas venues.* | Ma le tentazioni non sono arrivate. |
| *Ellis! Pardonnez! J'ai menti. Ellis!* | Perdono! Ho mentito. |
| *Ce voyage n'est que mon rêve* | Questo viaggio non è che il mio sogno |
| *Nous ne sommes jamais sortis* | Non siamo mai usciti |
| *De la chambre de nos pensées –* | Dalla stanza dei nostri pensieri |
| *Et nous avons passé la vie* | E abbiamo trascorso la vita |
| *Sans la voir. Nous lisions.* | Senza vederla. Leggevamo. |

| | |
|---|---|
| *Vous veniez au matin* | Voi venivate al mattino |
| *Toute lasse de vos prières.* | Spossata di tanto pregare |
| *Madame, je vous ai trompée:* | Signora, vi ho ingannato. |
| *Tout ce livre n'est que mensonge* | Tutto questo libro non è che una menzogna |
| *Au moins n'y ai-je pas crié;* | Almeno non vi sono gemiti |
| *Mais c'est qu'on est calme en un songe.* | Perché in un sogno regna la calma. |
| *Un jour pourtant, vous le savez,* | Un giorno però, lo sapete, |
| *J'ai voulu regarder la vie;* | Ho voluto guardare la vita |
| *Nous nous penchâmes vers le choses.* | Abbiamo rivolto la nostra attenzione alle cose |
| *Mais je les ai comprises alors* | Ma allora le ho percepite |
| *Si sérieuses, terribles* | così serie, così atroci |
| *Si responsables de toutes parts,* | Così cariche di responsabilità, |
| *Que je n'ai pas osé les dire;* | Che non ho osato raccontarle; |
| *Je m'en suis détourné – ah! Madame – pardon;* | Me ne sono allontanato – ah Signora! – Perdono. |
| *J'ai préféré dire un mensonge.* | Ho preferito dire una bugia. |
| *J'avais peur de crier trop fort* | Avevo paura di gridare troppo forte |
| *Et d'animer la poésie* | E di sciupare la poesia |
| *Si j'avais dit la Vérité,* | Se avessi detto la Verità |
| *La Vérité qu'il faut entendre;* | La Verità che bisogna capire |
| *Préférant de mentir encore* | Preferendo mentire ancora |
| *Et d'attendre, – d'attendre, d'attendre...* | E aspettare – aspettare, aspettare... |

Eppure io ho viaggiato davvero in tutti quei posti, in quella città, dentro quell'istituto, in un mondo sospeso, in uno "spazio-tempo" diverso come quello del teatro, nel silenzio della purezza inerme e indifesa. E ho viaggiato anche nei pomeriggi drogati dalla noia, in cui me ne stavo seduto in portineria a leggere André Gide, mentre le città siciliane iniziavano a morire, la corruzione diventava legge e la mafia, che non si può ancora nominare, massacrava giornalisti, politici, giudici, poliziotti, carabinieri, criminali e povera gente. Per sostituirsi prima ai padroni e poi alla legge, con il suo ambizioso progetto di dominare e controllare la vita civile e politica di tutta l'isola. Io continuavo a leggere, a sognare, a raccontare, mentre quel tempo mi sfuggiva, perché non riuscivo a distinguere cosa fosse vero e cosa frutto della mia fantasia. Almeno finché non arrivò don Fabio.

Questo libro è fabbricato da Grafica Veneta S.p.A.
con un processo di stampa e rilegatura certificato 100% carbon neutral
in accordo con PAS 2060 BSI.

Questo volume è stato stampato nell'aprile 2024
presso Grafica Veneta – Trebaseleghe (PD)